U0500655

Door in the Mountain

Jean Valentine

New and Collected Poems

山中之门

吉恩·瓦伦汀 诗选

［美］吉恩·瓦伦汀 – 著　　王家新 – 译

北京联合出版公司
Beijing United Publishing Co.,Ltd.

雅众文化　出品

目 录

i

III 平凡的事物

（*Ordinary Things*，1974）

IV 信　使

（*The Messenger*，1979）

V 家。深邃。蓝色
（*Home.Deep.Blue*，1989）

VI 狼　河

(*The River at Wolf*，1992)

VIII 真正生命的摇篮

（*The Cradle of the Real Life*，2000）

IX 新 诗

（*New Poems*, 2004）

xi

译 序
"真正生命的摇篮"

一

对我来说，认识诗人吉恩·瓦伦汀，是我生命中又一次真正意义上的"相遇"。

2012年冬天，一位朋友从美国给我带回了一本精美的小书：《黑暗的接骨木树枝：茨维塔耶娃的诗》，它由移居美国的乌克兰诗人伊利亚·卡明斯基与吉恩·瓦伦汀合译。这是我第一次知道在美国还有这样一位优秀的、和我们一样倾心于俄罗斯白银时代诗歌的女诗人。

这样一本独特、新颖的译诗集，使我"燃烧"了整整一个冬天。我从中译出了十多首诗及卡明斯基的长篇译后记，这两位诗人忠诚而又大胆、充满生机和创造性的翻译，不仅刷新了我对茨维塔耶娃的认知，对我作为一个译者也产生了深深的激励。

没想到的是，我和瓦伦汀后来还有机缘进一步相识，那是在2015年10月，我们各自应邀参加北京师范大学国际写作中心的诗人工作坊。不用多说，我们一见面就有一种亲人般的感觉（她后来在信中称我为"亲爱的兄弟"）。在那期间，她送了我她的诗集《打破玻璃》（*Break the Glass*, 2010）和一些打印诗稿，我从中译出了她的十多首诗。她和同行的几位外国诗人则很喜欢我给工作坊提供的《蝎子》《田园诗》等诗。

第二天早餐时，她递给了我一个封住的信封，很幽默地说是"稿费"，其实那是她头天晚上读到我当年发表在《美国诗歌评论》上的一组诗后写下的"读后感"，她感谢我的诗带给了美国读者"如此奇妙的礼物"。

我受到的感动自不必多说。瓦伦汀回国后一年多，我的英译诗集在美国也出版了。我的出版人给她寄去了样书。她在回信中附上了题为"一些简单的词语"的几段文字。我在这里全文照录，因为这不单是对我的诗的评论，它也显示了这是怎样的一位诗人：

亲爱的家新：

我担心这不是评论，只是一些简单的话，带着深深的钦佩……

当王家新和我坐下，为我们的诗人工作坊，在十月份我到达中国的第一天，策兰、曼德尔施塔姆、阿赫玛托娃、茨维塔耶娃、狄金森是说出的最初词语；他们就是我们首先翻译的诗人。（王有极好的英语译者，这一周的后来他也译出了我的一些诗：那是些美丽的文字。）

他对我读的他自己的第一首诗是《田园诗》。聚集在其他人中间，在会议室的长桌边，这就仿佛是一个梦，这个梦由一个很亲近、很信赖的朋友所讲述，他梦见他是一个牧羊人，他的羊群，他是一个在飘雪中跟随在运羊卡车后面的司机，他最终"飘入"一个近乎屈服的宇宙中。没有屈服。

然后，在我的沉默中，王家新轻声问道："你不认为那些运羊车也是在通向奥斯维辛吗？"我突然发现自己处在高度的诗歌惊异之中：哦，原来是在干那个！一些你知道和不知道而有时你（终于）领会到的事物；有时——再次像一个梦——纵使是你自己写下了这样的经历。

的确，这不是一般的评论。这是一些同样让我"惊异"、令我终生珍惜的文字。这些"简单的话"本身就像是她的一些诗。或者干脆说，它就是诗。

不用多说，我们一再通信，直到最后一封，然后就没有回音了。那还是在 2018 年以后。我想她的年岁已有八十多了。我担心她身体不好，或是有什么病，但也不便去问，只是默默地为她祈愿。

然后就是新冠病毒大流行的 2020 年。看到纽约的严峻状况，我不免为她担心。然后就是 2021 年初春，我从美国诗歌基金会的网页上看到这样一条简单的消息："瓦伦汀于2020年12月29日去世。"

没有任何说明，而我更加震惊了（尤其是在我刚得知我们所喜爱的波兰诗人扎加耶夫斯基死于新冠感染的噩耗之后）。无论是何种情况，灾难般的2020年，就这样成为她的最后一年。

在瓦伦汀的晚年诗作中，就有一首《她的最后一年》，是献给她的、也是我们的玛琳娜·茨维塔耶娃的：

> 歇一歇你的嘴。
> 歇一歇你的音乐。
> 歇一歇，你来回不停的脚步。坐下来，
> 吃。喝。
>
> 以我的眼睛，我看见你在吞食石头。
> 我看见你在吞食骨头。
> 你吞食泥巴。你吞食光。
>
> 我已分不清任何东西。
> 一个标记，一道伤口，一把刀，一块黑木，
> 　一张网。
>
> 我认出了一切。
> 这个标记，这道伤口，这把刀，
> 这块黑木，这张网。

也就是在那样的悲痛时刻，我立下了誓愿，要译出更多她的诗。我已陆续译出了她二三十首诗（其中有些曾在《诗刊》等杂志发表过），下一步是一部诗选。我要让她的生命、她的声音进入更多的生命。

二

关于瓦伦汀的诗，在美国已有很多评论，这里首先择取几则评语，供尚不太熟悉这位诗人的中国读者了解：

吉恩·瓦伦汀的诗给人一种难得的愉悦：严肃而又优雅，从不轻浮，以词语的而非观念的音乐，证明了诗歌的美和力量。像艾米莉·狄金森一样简约和苛求，她总是给读者以报偿。

——《图书馆杂志》

瓦伦汀有一种坚韧的陌异性的天赋，同时具有梦幻般的句法和构造短诗线条的方式，把我们吸引到情感的双重性和流动性之中。

——《纽约时报书评》

不像在早期曾影响她的自白派诗歌，为接近个人经验，吉恩·瓦伦汀调换了一种更加骨骼化的方式，更倾向于简要的抒情片断，而不是连续的叙事。

——《纽约客》

瓦伦汀的诗具有梦幻般的品质。它们在生与死、个人与非个人之间徘徊。……书中的诗句既朦胧又深邃，就像空气在水面上移动一样。瓦伦汀的诗是一种无形的自然力量。

——安·范·布伦《吉恩·瓦伦汀〈天堂里的衬衫〉》

瓦伦汀的诗，作为来自梦中的"倾斜的真实"被辨认。她是勇敢的、不逃避的诗人。她的意象，来自对未知自我奇异而诡秘的灵视与真实体验的碰撞。它是一种迫切性的艺术，想要治愈所触及的一切，一种想要亲密地讲述整个生活的诗歌。

——诗选《山中之门》介绍语

瓦伦汀的两位朋友、在美国有着广泛影响的著名女诗人艾德里安娜·里奇（Adrienne Rich）和范妮·豪（Fanny Howe）都曾高度评价她的创作。里奇称："看进吉恩·瓦伦汀的诗就像看进一个湖，你可以看到你自己的轮廓，上面世界的形状，折射在岩石和水下的生命，丢失的瓶子的闪光和漂流的树叶。在意识和潜意识相遇的地方，已知和熟悉的事物与神秘和半野生的事物融为一体。这是一种最高级别的诗歌，因为它使我们进入我们无法以其他方式接近的空间和意义。"

既是诗人又是小说家的范妮·豪则称瓦伦汀创造了"一种感性"："瓦伦汀的诗，它们与不可见的事物、诗行之间的空白、失落与永不消失的浮力构成了一种关系。它们有着魔法般的辉煌。这个选集，以无比的承诺，平衡言说与未说出之物。读它们是充满愉悦的和容易的，但同时又是困难的，因为它的每一首诗的精神都来自智慧的头脑。"

这些评语，大都很精当，它们从不同角度触及瓦伦汀诗歌的一些特质，揭示了它的价值和特殊意义。

瓦伦汀的创作穿过了美国当代诗歌半个多世纪的历程，带着自白派、深度意象派、新超现实主义的影子，除了她所属的文化和文学传统，又受到佛教、东方诗歌、俄罗斯诗歌和策兰诗歌的影响，在美国女性诗歌甚至美国诗坛中自成一家。如果把她和近年获诺贝尔奖的美国女诗人露易丝·格丽克相比，格丽克的诗更为坚硬，泛着冷光，多棱角，而瓦伦汀的诗更为亲密，带着一种精灵般的诗性。说实话，我更喜爱瓦伦汀的诗。她的一些诗，甚至带着一种让我流泪的力量。

首先，瓦伦汀的诗真实、感人，它出自"一种迫切性的艺术"。在诗集《打破玻璃》一首诗的最后，她曾这样告诫自己："别去倾听词语，它们只是一些你言说之物的小小形状。/它们只是杯子如果你口渴。但是你并不口渴。"（《"当黎明迈着玫瑰色步子"》）这样的感悟凝聚了一种怎样的创作经验！而她的诗，无论是她最初的试笔，还是后来的诗，往往就是这种出自生命真实"口渴"的产物。她生前最后一部诗集《天堂里的衬衫》（*Shirt in Heaven*, 2015）的第一首诗是《月蛾》：

> 月蛾
> 在暗窗上
>
> 我把你留在记忆库里
> 但我已不知如何回去对你说话
> 沉默如暗窗
>
> 沉默如你的身体
> 一册小书
> 我曾在上面书写
> 满怀饥渴

正是这样的创作，贯穿了瓦伦汀的一生，使她成为一位真实、可信赖的诗人。她的一些诗，看似随手拈来，但又是长久的心灵孕育的产物；或者说，无论她的一些诗有时显得多么诡秘，它们也是从她的人生中生长出来的，带着那种"有其人必有其诗"的真实可靠性。

瓦伦汀的诗，大都立足于个体生命的经验，或用策兰的话来讲，大都是她"从深海里听到的词"。但这并不意味着她是一个狭窄的、密封的诗人。她的诗其实有着丰富的社会性，有着她自己的政治和历史的维度。在她作为一个诗人成长的年代，她也十分关注越战、国内的民权运动和女权运动，但正如她在一个访谈中所说"我不能直接写""冷静下来，我想，好吧，我只能写我能写的东西"。作为一个女性诗人，她不像有些女诗人那样具有强烈的女权色彩，但是一旦写起来，她又是那么有勇气，在艺术上也很令人惊异，如诗集《天堂里的衬衫》中的《他的手拿起》一诗：

> 他的手像我一样拿起刀。
> 他发呆的眼睛看出去尖利
> 它不喜欢它看到的。"傻娘们"，
>
> 而在那一切之后，
> 高大的玛利亚们——我最亲爱的傻娘们
> 和小济慈和我一起休息，
> 在灯盏的桥下
>
> 直到白昼来了，白昼的司机。

收录在诗集《真正生命的摇篮》(*The Cradle of the Real Life*, 2000)中的《1945》堪称一首小型悲剧史诗杰作。无论对诗人自己，还是对美国广大读者，这首诗都很重要，因为它在一个"历史视野"里揭示了数代人的精神创伤。诗人的父亲1941年作为航空母舰的联络官参加惨烈的太平洋战争对日作战，1944年带着战争创伤回来（"他回来的那天 // 他像阿喀琉斯一样愤怒"），这首诗的标题却为"1945"，它一下子标出了一个具有重大历史分水岭性质的年份（战争结束）。而全诗的构造"线条"又是那么巧妙，诗的前半部分是年轻的飞行员们未能飞回到父亲的航母甲板上，后半部分也是子女们一个个"飞去"，并且"从没有回来"。全诗的最后也非常感人："——哦，我死去的父亲 /——啊，珍妮，你还在词语中……"这最后一句为诗人对自己说话（"珍妮"为诗人的昵称）：珍妮，你还活着，还在词语中，你还没有解脱，或者说，作为诗人你还没有完成你的挽歌……

这就是吉恩·瓦伦汀，一个最深刻感人意义上的挽歌诗人。而这不仅因为她经历过漫长岁月，对生命和友情满怀哀怜和珍惜，我想，这可能还和她对诗人作为生命的守护者、救助者、哀悼者、复活者的角色认定有着深刻关系。她往往在不同时间里为同一个人写多首挽歌，而且都很感人，这在诗歌史上实属少见。正如她的诗集《天堂里的衬衫》所显示，似乎她努力活着，就是为了为这些亡灵缝制"天堂里的衬衫"！

瓦伦汀的挽歌，不仅献给她的母亲、父亲、美国诗人同行、老师和朋友，献给俄苏诗人曼德尔施塔姆、茨维塔耶娃、阿赫玛托娃这些"受难圣像"，献给被

"带走"的奥斯维辛幸存者诗人策兰,也献给一只死鹿、女囚犯、政治犯、艾滋病的牺牲者(见《"X"》一诗)、种族歧视的受害者、路边裹在一条"报纸毯子"里的无家可归者,献给大地上一切受损害的生灵。她真的像策兰那样,用"被践踏的草茎"写诗。在《低处的声音》的最后,诗人甚至发出了这样的誓言:"别人都可以离开你,我永远不会,逃亡者。"

这位诗人特别感动我的,就在于她对"他者"和弱者的这种关爱、想象力和同情心。而这不是旁观者的同情,她自己一生就自觉地处在她自身存在的"低处"(在《在外面排队的正午》一诗中,诗人甚至以囚犯自居),虽然从大体上看,瓦伦汀的诗又是轻盈的,充满了安慰和愉悦。这两者并不矛盾。

也许,是俄罗斯的那些受难诗人唤醒了她,并更深地刺伤了她的艺术良知。瓦伦汀曾回忆初次读到曼德尔施塔姆在流放地写的诗,是怎样让她的头发"竖了起来"。曼德尔施塔姆在灾难时刻"想挽救语言",娜杰日达在大恐怖年代保存丈夫的诗稿,所有这一切"对我来说意义重大。它给了我很大的勇气。为他人鼓起勇气。为人类鼓起勇气。如果你有你热爱的艺术,它可以帮你接通。特别是如果它是一种与他人相连的激情……"。

关于曼德尔施塔姆和娜杰日达,瓦伦汀至少写有五首诗。收在诗集《家。深邃。蓝色》中的《曼德尔施塔姆》堪称一首杰作,好像是她替诗人重新穿上了俄罗斯的"铁靴子"("它那一点点／向内弯曲的伸展度"），在流放途中行走，好像她的头也被那匹青铜母狼的爪子一遍遍摁下，"回到你乳房的／小小营火下"。而在晚年，她又写下《捧住金翅雀》一诗，她要尽力捧住这只来自曼德尔施塔姆流放地的金翅雀，因为那才是对人生苦难的安慰和超越，"那是因为她（金翅雀）——我会在这里说她——代表了象征艺术世界中的永恒"。

"捧住金翅雀"，这可以视为瓦伦汀全部创作（包括她的翻译）的一个隐喻。"捧住金翅雀"，这也正是她创作的内在动因。附带说一声，"Hold the finch"一般译为"握住金翅雀"，我译为"捧住"，正是为了更深切地传达诗人的那种虔敬之心，也为了凸显一个圣礼般的生命守护者的诗人形象。

正是这种发自生命最深处的爱和同情，或用诗人的话来说，"一种与他人相连的激情"，使瓦伦汀的创作远远超出了早期"自白派"的范围，渐渐创造了一个自我与他者、生者与死者、人与其他生灵血肉相连、相互依存和转化的生命世界。

也可以说，相对于其他一些诗人，瓦伦汀的创作更显著、也更感人地包含了一种他者的诗学和伦理学。"他者"（the Other）是一个具有本体论意义的问题。海德格尔也曾声称"存在就是与他者共存"。但是，他做到了吗？在法国犹太裔哲学家伊曼努尔·列维纳斯（Emmanuel Levinas）看来，海德格尔的存在论本身同样倾向于"将他者缩减成自我",它并不能容纳异己,更不能迎来他者。所以在"奥斯维辛"之后,他的责任就是以"面向他者"为核心,重建哲学的伦理维度。

列维纳斯的"面向他者"带着历史创伤和现实关怀,也带着他古老的精神基因。他认为《圣经》精神就是"对弱者倾注全部关怀"。在一次访谈中,他说:"在我看来,上帝是一种要求去爱的诫命。上帝就是说'一个人必须爱他者'的那个神。"

我联想到这些,因为瓦伦汀的诗正可以在这样的精神背景下读解。为什么一位美国女诗人会一再向遥远的俄苏流亡诗人献诗?为什么她说她的诗要"融入人类大家庭"?

当然,瓦伦汀的创作有着她自身存在的立足点,这正如列维纳斯并没有否定"主体性"。但是这种主体性,在列维纳斯看来应是"好客性",应是"超越性的庙堂或剧院"。他要提醒和推动人们走出自我转向他者,在自我与他者之间展现存在的开放性、多样性、对话性。瓦伦汀多年来的创作正是这样,在她的诗中,是他者的在场与共存(如《乡愁》的最后一句"老鹰和鲑鱼和我……",诗人甚至把老鹰和鲑鱼排在自己前面)。她不仅在诗中引入"他者的视角",而且往往用"他者"的尺度来衡量自己。她让可见与不可见的他者在她这里醒来,以此重塑自我、人性和诗歌。在《它会不会变热?》(《天堂里的衬衫》)中,她声称"我找到了两本书:窗和门","我所做的只是等待、睡觉和写作"。

> 又一个百年，
> 窗户打开了我。
> 门说，更多。

而在《回忆詹姆斯·赖特》[《狼河》(The River at Wolf, 1992)] 一诗的后面几行，诗人好像是走向了一个重大的启示和发现：

> ……他的声音
> 比我自己的更靠近我。
> 不可知，欢悦的开始，他的声音
> 比我的更靠近我自己。

即使从创作的"主体性"来看，这也会给诗歌带来不断生成的力量。一种无主的流放，但同时也是回归。走出自身又回归自身，回归自身又面向他者——一个新的更丰富也更具有超越性的自己。

而这种"面向他者、为了他者"的诗学和伦理学，不仅贯穿了瓦伦汀中后期的创作，在《山中之门》这首诗里，还到了极其惊人的程度：

> 从未如此艰难地跑过山谷
> 从未吞咽过如此多的星辰

我扛着一只死鹿

绑在我的脖子和肩膀上

鹿腿悬在我的面前

沉甸甸地，晃动于我的胸乳

人们不想

让我进入

山中之门

请让我进入

    这首诗看上去简单，但是深刻而又感人。生命的同情心在这里化为血肉的铸造，化为身体的重负、奔跑和苦苦求告。在美国，同情动物的诗比比皆是，但我很难想象有其他诗人会有勇气这样来写！

    这首诗中那种不可能的执拗和天真，那种献祭般的自我认知，也让我想起了诗人曾翻译的曼德尔施塔姆。在曼氏的诗中，那些俄罗斯的伟大女性由死亡的预言者，变为悲悼而神圣的哀悼者、祝佑者和复活的见证者。而在瓦伦汀这里，她没有那种"像珍藏先人的骨灰一样"在一个恐怖年代辗转保存诗人遗稿的经历，但她找到了一个更切合她自己生活的形象：死鹿——那同样是一个悲痛的、需要复活的魂灵。

这就是瓦伦汀为什么会以这首诗为题，命名她的《山中之门：新诗和诗选（1965—2003）》。这是她对自己作为一个诗人的重塑和概括，她也以此给自己的创作带来了一种提升。

当然，瓦伦汀的诗歌世界是很丰富的。这种源源不绝的生命之爱和同情心，这种"面向他者"和"为了他者"，不仅使她"捧住"了来自曼德尔施塔姆流放地的"金翅雀"，使她有勇气扛起一只死鹿，甚至使她进入了她的"狼河"，进入了一个人自身与万物完全打通、共存共生、相互作用和转化的诗性宇宙，或用她自己的诗来说，进入了她的"第二人生"：

> 就这样亲近上帝亲近你：
> 走进狼河和这些动物
> 一起。蛇的绿皮肤，
> 从内部照亮。我们的第二人生。
>
> ——《狼河》

显然，在这样的诗中，瓦伦汀还吸收了佛家的"转世"观念。而她在这方面的灵视和想象力，又总是和她的同情心、和她"潜入他者""化身万物"的能力结合在一起。在她特异的感受中，母亲的亡灵会是一只"鳐鱼"为她升起（《鳐鱼》），她自己有着"山羊骨头"，有时她作为一只"鱼嘴"在夜里吐出硬币（《硬币》），有时则感到需要"修理我的马蹄"（《修理我的马蹄》），有时觉得"大地在拉拽"，有时感到"伟大的俘虏轻轻拍打／我们的睡眠"（《埋葬你的金钱》），尤其是她中后期的诗，不仅"越来越黑，越来越亮"（如她的一部诗集名所暗示），也越来越进入这样一个"通灵"的境地。

也许，这就是对生命的救赎？在一个访谈中，当访谈者问："你的诗充满了宗教的好奇和渴望。这对你是否一直是个核心？"她这样回答："总是。甚至从我从小以来就是。简·肯庸也有这个。不是每个人都有。我很感激。也许一个人有一个守护天使，他从哪里来真的是个谜。"

瓦伦汀是"有福"的，她一直相信并找到了她的"守护天使"。她生前出版的最后一部诗集《天堂里的衬衫》中的最后一首《冰山，伊卢利萨特》，写想象中的人生极地，纵然万古冰山像"巨大的悲伤刺人"，"数百万个太阳"燃烧殆尽，诗人仍处在她的守护神的"燃烧的空气怀抱"中，仍受到天地万物无言的祝福。正如女诗人安·范·布伦在《天堂里的衬衫》的书评中所指出的，尽管创伤和损失这些主题一再从这本书中浮现，"但带有光和超越的支撑"。而作为一个诗人，瓦伦汀不仅在解救和治愈自己，她还要让她的诗有可能成为"真正生命的摇篮"。她接近了这个目标。她的创作，一步步刷新和扩展了我们对所谓"生命诗学"的认知。

三

以上谈到瓦伦汀诗歌中一些最能触动我、在我看来也能给我们带来一些精神和艺术启示的东西。但是，怎样在阅读和翻译中具体把握她的诗，仍是一个问题。

美国著名女诗人简·赫斯菲尔德在诗论集《十扇窗：伟大的诗歌如何改变世界》[1]中，在回顾近几十年来美国诗歌的发展时，认为就创作经历来看，瓦伦汀"大致可算作默温一代的诗人。他们都是美国诗歌中'深度意象'运动的创造者。默温将这一运动带向了一个方向，吉恩·瓦伦汀又将其带向了另一个方向"。

对此，赫斯菲尔德举出了瓦伦汀的两首诗《苍蝇记得我们吗》《一次在夜里》[均见《新诗》(*New Poems*, 2004)]，然后评论说："我们从诗中听到的仍是一种内心化和个人化的声音；瓦伦汀的诗歌与默温一样，使用了内心语言的方式，让人感觉像是被无意中听到，仿佛读者已经被允许进入诗中未被言明的思想。"

接着她进一步指出："瓦伦汀的诗带有一种隐逸感和私密的氛围。它们极为怪异，啜饮着超现实主义的自由；她的意象往往复杂而令人困惑。'我快步穿过急雪／为了饮下生命／从一只鞋子中'。我们只能凭

1　简·赫斯菲尔德，《十扇窗：伟大的诗歌如何改变世界》，杨东伟译，王家新校，广西师范大学出版社，2022 年。

直觉理解这句诗。这说得通，也说不通；它提供了感觉的入口，却不能提供完整的事实……但混淆的可能性也可能是有意为之：这首诗并不寻求人与人之间关系的清晰，它的核心是意义与感情的珠光。"

在最后，她总结说，瓦伦汀的这两首诗体现了"美国诗歌的标志性元素"："……'现在/门在黑暗中与你的名字铰合。'开放与封闭，逻辑与梦境，亲密感与圣礼演讲的仪式，都在诗的直觉感知的悬崖上达到平衡——这是一个完全由语言自己构建的世界。"

赫斯菲尔德的阐述论证了瓦伦汀和美国诗歌这些年来的趋向（其实作为一个诗人，她自己也正是这样写诗的）。只是瓦伦汀有别于其他一些诗人的艺术特质，仍有待于我们更多地体察。我们还是来看瓦伦汀自己怎么说（摘自一个访谈）：

> （写诗）似乎更是一个在那里面寻找什么的过程，而不是有了什么再温习和修改它……我总是来处理一些我不理解的事物——运用无意识，那种不可见的东西。并试图找到一种方式来翻译它。

> 那会是我作为一个诗人的梦想，写一些日常事物，平淡，而神秘。

诗人说得也很平淡，但细细体会，这道出了她的创作奥秘。"平淡，而神秘"，瓦伦汀把自己定位为日常事物的感受者和"译者"，因为正如她曾喜爱的法国诗人艾吕雅所说："有另一个世界，但它就在这个世界中。"她自己在一次访谈中也这样说："如果你写任何东西，你必须从一些有形的、明显的东西开始。我们没有其他语言。就连鲁米也用杯子、桌子或灯，只因为这是我们的世界。"但是这些经由日常经验的诗，读起来却不"平淡"了，语言扩大了它的疆界，或是揭示了它的神秘性和可塑性。

也许有的读者仍会按照"说得通"或"说不通"这类逻辑来"较真"，但瓦伦汀就这样写了。她有自己的诗学法则，而且愈写愈随性，愈写愈自由。在一个访谈中，当访谈者引述了诗人兰德尔·贾雷尔的话："我们是两个人在海底游走，我戴着潜水员面具，而埃莉诺则没有戴。"瓦伦汀这样接话："嗯，这就是我在诗歌中的追求；我想摘下潜水员的面具。"

这就是瓦伦汀的大胆之处，她要"摘下潜水员的面具"，让我们有勇气也有能力适应一个奇异的"海底世界"。她是一位率真、任性，在艺术表现上也往往令人惊奇的诗人，如《天堂里的衬衫》诗集中的《在饥荒博物馆》一诗：

别那样，妈妈说，
当我伸手
去环抱她的时候。

那好，她说，
你只在这里
待上一天或两天。

我们是分开的灰烬
和骨头，被覆盖。
我们俩有一个母亲——我们的
曾祖母。
我们和她坐在一起
在饥荒博物馆
——成为——生命之臂
（我不知道怎么绕）
绕在彼此的腰间。

曾祖母，我妈妈叫道，
来散散步。

死人也能走路吗？她问。

我妈妈回答说，

——怎么不行？

是啊，"怎么不行"？! 因为这就是诗，瓦伦汀式
的诗！

瓦伦汀的诗令读者感到亲切，还在于她的语言方式，她的诗往往就是一种"日常谈话"。我们看到，和早期混合了"自白派"与"深度意象"的创作有很大变化，瓦伦汀后来的诗更多地进入了一种"谈话"，一种日常交流（有时也是与死者的"谈话"）。在一个访谈中，瓦伦汀也说她写诗是因为"有时它帮助我思考给亲密的朋友或想象中的朋友写一封信，只是为了让自己进入那种谈话，进入这种谈话的信任和亲密的性质"。如诗集《打破玻璃》中一首怀念友人的诗《在CD 的音乐中，在雨瀑里》：

> 治愈者低语着他从 CD 中听到的。
> 他的低语是雨瀑安静的步子
> 穿过变暗的房间。
>
> 米歇尔
> ——我希望你不要在意我说这些——
> 来和我们一起坐下，并凝望外面的雨。
> 他们说
> 他将着手写
> 如果不是他的诗
> 就会是别人的。

这种生死对话的情景和说话的调子真是令人感到亲切，它不是通常的"抒情"，但暗含了诗人内在的情感涌动。这种"谈话体"的娴熟运用，已成为瓦伦汀的一个风格标志。

正如以上这首诗所显示，"谈话体"并不意味着通篇都在谈话，它往往还会和其他艺术元素或表现方式结合在一起，再如《所有这些事情》(《天堂里的衬衫》) 这首诗：

> 所有这些从来都没有发生过好吗？
> ——黎明宽阔的河流，河马抬起的脸
> ——南极光缓慢的蓝紫色窗帘
> （把你藏在它们翅膀的阴影下）
>
> 所有这些事情到来——
> 在大地上，先是可憎，然后可爱，好吗？
> 我自己的朋友？你在哪里？

"黎明宽阔的河流，河马抬起的脸"这样的动人意象让人难忘，诗后面的亲密设想和生死遥问则更痛彻地击中了我们。瓦伦汀写出的，往往就是这样真切感人而又富有想象力的诗篇。

因为瓦伦汀的很多诗都具有一种意象、场景、谈话、对话穿插交织的性质，诗人在诗中也往往用其他字体标明引语和对话插入语。这在翻译和阅读时都需要我们留心。

瓦伦汀的诗风被一些美国的评论者称为"极简主

义"。这种带有"极简"风格的短诗在瓦伦汀那里比比皆是。《真正生命的摇篮》中的《十一月》就是一首让人难忘的短诗：简洁的词语，跳跃的句法，雕塑般的意象，诗背后和空白处隐含的音乐，诗最后意犹未尽的终止。短短一首诗，隐含了诗人告别她的第二任丈夫、告别她生活了五年的爱尔兰的故事。还有更好的离别之诗吗？没有。

但瓦伦汀的"极简主义"还不仅是风格和手法上的，它隐含了更多的奥秘或难解之处。如诗人 2015 年参加北京的诗人工作坊回国后所作的《在中国》一诗：

我们坐在宽大的舞台上。在灯火通明的
礼堂，一个助理用英语提示：
"你们是诗人。摘下你们的面具。"

一个年轻人站起来用英语说：
"我来自一个小山村。
我正在学习艺术。我想问问，
什么是美？要追求什么？"

我摘下我的面具。
什么是我的爱？
带着它破旧的、剧烈跳动的色情的肺——
什么是我的灵魂，
如果它丢失了它的言语？

可是它从来没有拥有过言语。

也许再看一眼，或再迈一步，

水的台阶或空气——

第三节开头那个出其不意的"我摘下我的面具"，以及全诗最后那谜语似的两句"也许再看一眼，或再迈一步，/水的台阶或空气——"，它极简到如"一滴麝香"，却使屋子里的全部空气都发生了变化（这里借用了曼德尔施塔姆的一个隐喻）。

的确，瓦伦汀的许多诗就是一个谜，却是一个让人感到亲切的谜。让我们感到亲切的，是她特有的某种幽默感，如《单身母亲，1966》这首短诗："没钱/——而幼鸟们的/张大的嘴巴/比他们自己还要大"，这真是令人难忘。而接下来的"——而上帝制造/词语/词语"就更出人意料并耐人寻味了。的确，这样的"极简主义"和一般的"简单"甚至"简洁"都不是一回事。

我只能说，这是一种像瓦伦汀这样的诗人才能达到的境地。就像她后期诗歌中有时带着的可爱的"小女孩气"，这是一个高度成熟的诗人才可以重新获得的童真。瓦伦汀写诗赞颂过马蒂斯等画家，其实她那些充满魔力、仿佛使万有引力定律失效、富有童话般的美的诗，让我更多地想起了夏加尔的画。有时候我深深感到我翻译的这位诗歌老大姐简直写"成精"了，她引领我们进入了某种精灵般的境地，恰如里奇所称赞的那样："这是一种最高级别的诗歌，因为它使我们进入我们无法以其他方式接近的空间和意义。"

最后我谈一下诗人的语言。瓦伦汀的语言是一种美国当下活生生的口语，但更是她个人对语言的特殊使用，有着她自己的句法和语言方式。这是一位与语言达成了更亲密默契的诗人，而这种默契必然包含了更多心照不宣的暗示和省略，这在翻译时都需要反复体会。此外，她的诗中时时还有一些美国俚语和一些很特别的语言表达。在翻译过程中，我多次向美国诗人译者朋友乔直和史春波请教，并得到了他们的帮助。

同很多优秀诗人一样，瓦伦汀的诗有一种对语言陌异性的追求。这也是我特别欣赏的一点，纵然这也给翻译带来了难度。在美国当代诗坛，很多人热衷于语言实验，但是瓦伦汀的诗更使我想到了她所热爱的策兰：策兰的跳跃性句法，策兰特有的词语组合，策兰在语言上的颠覆性、创造力和陌异性。如"鹈鹕基督"这样大胆的语言命名、"大地从我们身上滴下"（《信使》）、"你的铁皮故事 / 可以把你折叠入银河系"（《塔顶》），她在语言上的创化之功和新鲜感，屡屡达到这种令人惊异的程度。我相信她的诗也会为中国当代诗歌带来一些语言和艺术上的刺激（如同策兰的诗），而这，也正是我的一个翻译动因。

最后要说明一下，这本瓦伦汀诗选《山中之门》，依据卫斯理大学出版社（Wesleyan University Press）2004 年出版的 *Door in the Mountain: New and Collected Poems, 1965—2003* 译出（限于中文版篇幅，原版诗作

未能全部收录）。该诗选出版后获得 2004 年全美图书奖诗歌奖。

自诗选《山中之门》之后，诗人又出版了诗集《小船》《打破玻璃》（入围 2011 年普利策奖决选名单）、《天堂里的衬衫》。这三部诗集的大部分诗作及一些未结集诗作，我都已译出，因为版权授权限制，未收录在这部中译版《山中之门》之中。

我期待诗人晚年的这些诗作（译作）也能出版，以使中国诗人和读者对她一生的创作有更全面、充分的了解。不仅如此，瓦伦汀的诗在我看来愈写愈好，尤其是她生前的最后一部诗集《天堂里的衬衫》，我生怕把它们读完。还有诗人晚年的一些未结集诗作，每一首我都珍惜，有的甚至令我要流泪，如这首诗人年过八旬后所写的《最后离别》：

空气感觉起来像霜。
开车穿过。
霜寒造成的尘土。
我们一时间没有说话。

当我们在机场停车时，
我的孙女一动不动，等待
在后座。你握起我的手
长时间在你胸口。然后我们
打开车门，

离开或重聚，

你来帮帮，让我们去飞。

阅读和翻译瓦伦汀，对我来说已断断续续地进行多年了。如同"捧住金翅雀"，如同为亡灵缝制"天堂里的衬衫"，但愿我的翻译能将她的声音永远留存在汉语中。我也相信，这样的声音不可磨灭。有时"当我醒来"，我想象我会和这位老姐姐一起在沃罗涅日漫游，或是一起坐在曼哈顿的堤岸上，凝望着哈得孙河银灰色的滚滚涌流，这一切，正如她在生命晚期的《当我醒来，我们的时间》一诗中所说：

当我醒来，我们的时间消失了……

我洗干净了我们朋友的小旧地毯
把它摊在桌子上。

曼德尔施塔姆，
河水波光粼粼，银如犁。

王家新

2021 年 8 月 11 日，于北京望京

I 梦叫卖者

(*Dream Barker*，1965)

初 恋

我们在海中相遇有多深，我的爱，

我的孪生，我的连体心脏，我的络腮胡须，

鱼腹，胶水眼王子，我最亲爱的黝黑的手臂，

我的眼睛如何平直而专注地反射你

蓝色，绚丽，在编织的水草中

为你的王冠缠绕，我多么爱你触摸

我匀称的带斑点乳房，或是轮到我自己回报：

你是多么高贵地溢出我全身心的颤抖

亲爱的：那或许是月亮的引力，

天全黑了，而你在我眼中是绿色的，

上面的绿，下面的绿，全黑了，

在教区里不止一个活着的灵魂

看见你消失了，唉！

消失了，你鼻翼羽毛般的碰触，或是我的，

消失了，你的蛇纹石

微笑中我看见我的处女的笑容，

消失了，你所有咸涩的光芒消失了，

你隐藏的卷曲，你放弃的杀戮，

笨拙的男人，亲爱的！[1]

---

1 这里的"亲爱的"为德语"liebchen"。

我的天使，我的！

我们的相遇有多深，有多黑暗，

有多么湿！在世界开始之前。

给一个死于三十岁的女人

从前从来没有人像你那样说话，
在你寂静的光下，是最后的白色冲刺，
最后的，笨拙的发烧：没有人会了。

现在我们的呼吸更容易：爱，
从自身释放，吹拂过爱的词语，
现在你的双手从那里掠过。

玻璃后面，我们想要你整个的躯体，
而你只留下半个脚印，
半个微笑。

整夜里我开着车，
我想知道：
在某个光明的返回之处
是不是一定还有雄鸡报晓。

而你斜靠在镜子边微笑，
六个月的死者：这儿是个传奇：
你想知道。

你的永不，你炽热的

否定，哦，你在水中摇曳的光，

我用棍子搅动：摇曳的腐烂，

哦，我的姐姐！

纵使我知道，

所有我可以说的只是我知道。

远离家乡

长大了，远离家乡，为什么我羞怯

为每一声莫名的砰的关门声或呆滞的眼睛？

巨兽之步，打着哈欠，

疾驰中我二十年前的梦想已消失；

英雄和护士，鲁本斯[1]破碎的马蹄，

还有拳头，骑在我卧室屋顶上的女巫

让我的手指出血，最后是男人和妻子，

靠折断谁的肋骨浇灌我的生命，

加重谁的眼睛以使我支撑到最后？

爱我的男孩们，一支接一支抽烟，在死寂的晚酒吧里

观看第一道光的淡酸水斯托罗快速路[2]。

为什么我需要那块空地来生活？

这黑暗中的手是我自己的，天知道是谁的车。

泥神俯身，在星辰下投下阴影，

享受他们波士顿屋顶上无可指责的花朵。

洒水壶乏味的喷嘴像马蹄一样闪光。

1　指 17 世纪佛兰德斯绘画大师彼得·保罗·鲁本斯（Peter Paul Rubens，1577—1640）。

2　斯托罗快速路（Storrow Drive），为波士顿的一条交通大道。

去索尔特角[1]

弗朗西丝·沃兹沃斯·瓦伦汀

1880—1959

这里，在弗雷明汉，黑色，不太像是

车子的轮辐所进入的温和的共和党城镇，

我来到一个世界降落的地方

陷入无法承受的空虚，

或是缺乏中心的支撑，

完全赤裸的麻雀的羽毛飘下。

也许我们致命的呼唤

在最后，也要落下，

被某种最温柔的关怀所注视：

但在这里，空气

变得太稀薄：世界在降落

从那可以想象的天堂，或那样的牵挂。

弗雷明汉在建设中。野蛮的圈子，

钻头的震颤翻掘出你的吗啡睡眠。

我坠落，仍然在地球的巨大引力中，

亲吻你的手，你的有棱角的脸。

哦，你是对的，

不去明白你的濒死之地；

1　索尔特角（Salter's Point），也可译为"盐工角"。

36

在你从弗雷明汉弄来的毒品中徘徊，

去索尔特角，长长的金色海滩，那里

你和你的兄弟们剥橘子并游泳，

而你的父母在达盖尔银版照片[1]上观看。

你在那里的铁床架就像这里的墓地

是白色的，在这不可言说的夜里，

超越重力或关怀的引力，

你没有位置，我们也没有：

你带走了度夏房子，树篱，

小溪，狗，空气，我们的地面随你一起向下，

所有高大灰色的孩子都可以跑，

现在离家出走，永远永远走下去，

走向一无所有除了这满嘴的泥土，

所有的结束都过去了。

沮丧中的诗 [1]

给我的姐姐

记得我们如何在海面上铺展头发吗，

磷光的扇子，月亮的边缘在下面碎了，

天空移动的碎片？幽灵般的水草游荡

像朦胧的忒提斯 [2] 的头发，或一些海妖的

古老须发飘旋在我们的膝盖上；

月亮的孩子，我们漂流，没有什么神或怪物

看上去比我们的地球之水更陌生。

记住

像静静的贝壳一样躺在玻璃之水上

纸月亮绽开，一朵日本水花，

它的外壳在天空之碗中自由地漂流。

谁把它倒出来的？二十年来

海湾还在原地，他们还在那里，

慢慢地走在水波边。

他们一直就在这里吗？我们呢？

回来，回来，我从先人的凝视中挣脱出，

现在碗的阴影构成了我看到的：

1　"沮丧中的诗"（"Lines in Dejection"），参见叶芝《沮丧中写
下的诗》（"Lines Written in Dejection"）。

2　忒提斯（Thetis），希腊神话中的海中仙女。

水草搂抱着我，把我拉下，拉下。
而他们就在那里，在漆黑的海洋地底，
他们伸出手来，头发飘动：到处都是！
把我们像水一样抱在他们烧焦的怀里。

睡眠滴落下它的网

睡眠为像洪水一样古老的怪物滴落下它的网；
你不是你，正如我不再是我；
如果我们死去的父亲在夜里走在墙上，
我们的手在我们醒来时是白色之上的白，
不背叛伤口不背叛血；
声音是让我们哭喊的一阵雾气。

那么白昼会把城堡吹干。

似曾相识 [1]

不，我父亲在这里，正如你所说，

当我向他要面包时，

没有拒绝我；但那面包是绿色的；

而现在你!

现在我又干又冷，

在温室的角落里嘀咕，

现在你让我知道它一直是你，

那似曾相识的

倾斜的阳光照在地板上，

门口的沉默!

我大笑，但我从来、从来没有爱过你，

在这里我是死人，

我的弥达斯 [2] 牙齿在边缘，碧绿

珠玉上的珠玉。

1　原题为法语"Déjà-vu"。
2　弥达斯（Midas），一译米达斯，希腊神话中的佛律癸亚国王，贪恋财富，求神赐给他点石成金的法术，最后连他的爱女和食物都变成了金子。他又向神祈祷，一切才恢复原状。

韦尔弗利特的日落

一口啐出的天空，泛着威尼斯的金色，
悬挂在公理教会的钟楼上，在那里
昨晚的北方之光筛选它们的火，
射过不透气的黑暗，浪漫和寒冷。
太阳一动不动，却突然消失了，
云潮退去，留下一个圆圈。
死是容易的：我们一直都知道：
膝盖高对着黑暗，像通常那样：
我告诉你的这些话在我眼睛里冒烟：
树蛙就是树蛙，天空就是天空，
吱嘎作响的海湾日夜奔跑着我，我，我，
一遍遍，激发它自己：那里，
在它蜷缩的空虚之地：那里我歌唱。

醒时得自薇拉·凯瑟[1]的诗句

现在我躺下凄凉地入睡
在地下洪水的声音中发冷
在半睡半醒中被幻影植物刮擦
它压在我床边的书里
蓝绿的叶子，硕大并有粗齿……
像复活节百合一样开着大白花……
拉图尔认出了有毒的曼陀罗。
在它死亡的阴影中，我躺下入睡。

我头脑中的缰绳紧系着我的希望
当它跳跃，在醒着的生命中，松弛下来，
而且，在坠落世界的事物之外，
带着空气一样的肉体和假设的协议
在我的身体和它选取的方式之间，
我漫无目的地走在一条碧绿和完美的河边。

花园就在这里，正如我以为的那样；
透过画中的斜窗所想象的花园，
大地失落的种植园，等待着一切，

---

1 薇拉·凯瑟（Willa Cather，1873—1947），美国女作家，出生在弗吉尼亚州，幼时随父母迁居到中西部，著有长篇小说《啊，拓荒者！》《我的安东妮亚》《大主教之死》等，同时，凯瑟也是位短篇小说大师。

万物美好：喷泉会转化太阳。
我看不见但我知道上帝在跟随我，
我跟随着，不害怕疯狂，
既狂野又得体的道路和转弯，
所有的颜色或没有，虎百合和岩石，
死水池带着落叶的重量，然后坠落，
跟随我爱的他，他在花园里等待。

仁慈，怜悯，恐惧和羞耻，
春天在这个花园里，因为它是大地的。
我的身体不是空气，它投下阴影。
在下一个转弯我会跟上我爱的他
在我童年时的树旁等待，它撒落下
白色花瓣，大雪一样让地面变白。
他挽着我的胳膊走了一小段路
我们离开树朝向光亮的河流
跑过清新的绿色穿过花园。

寓言家的箭把我射倒了。
我在洪水的喧嚣中冻僵。
当我的爱弯腰说话，它是一种语言。
我不知道：我回答却没有声音，
我聋了，瞎了，我伸手摸了摸他的脸
我的眼，碰到一块溅起的黏土，
这隐藏的花园，河流，树木。

剑桥之夜

顺着这黑暗城镇的过道
经过我知道的面孔和面孔
在浓绿的三伏天，我忘记了他们的名字，
忘记了他们的脸。

这个城市的每一个公共场所
供亡灵们表演吞剑怜惜的杂耍：
狗脸老爸无声地吠叫，
便士蜡烛盯着我看。

你离我如此之近我可以触摸死者
你脸上的童年，
离开我妈妈的房子一个新娘
带着一盏灯，
夜光，拂晓，整个晚上
站在你的一边，
但是想要怜悯，怜悯站着
在你的脸在我们之间。

没有什么能打扰黑暗：最后

蒂凡尼高窗 [1] 露了出来。他们的鬼魂

可能就是我的荷兰叔叔；只遗憾

现在是夏天，他们出城了。

1　蒂凡尼高窗（Tiffany window），传统的哥特式教堂彩色玻璃窗。

给一个朋友

我不能给你太多或要求你太多。
虽然我努力抑制自己直到我们相遇，
我们说的话像街道一样公开：
你的身体挡住了我的触摸。

我们的鬼魂在我们相遇的空气中摇晃和拥抱，
我的理由取决于你画出的完整弧线，
然而你却被我的触摸所阻挡。

你对我的爱，如此看来是完整的，
就像天使所吃的雪花石膏苹果，
但既然我们在这样一个世界相遇
我不能给你太多或要求你太多。

你走你的路，我走我的，当我们相遇，
两人都被街道的气味分散了注意力，
你的身体挡住了我的触摸。

我的身体在你的桌子旁唱歌，在街上等待
而你空手而过，直到我们相遇，
我已如此远，如此深，如此冷，如此多，
我的双手、我的眼睛、我的舌头摸起来就像树皮。

萨夏和诗人

萨夏：我梦见你和他

坐在树下接受采访

被一些隐身人。你说道

"他们听起来奇怪因为他们孤独，

哦十七世纪，

这就是为什么今天的诗人听起来也怪怪的：

希望得到一些不寻常的答案。"

然后你唱"嘿，罗妮，罗妮，不"就哭了，

然后请他接着说完。"土豆虫嚼舌头"，

他缓缓起身并说道。

"莎士比亚写的。"然后走开。

第二个梦

我们都听到了警报。敌机出现
飞临，来自一个友好国家。你，我想，
会知道做什么。但你说，
"什么也做不了。上一次
尸体就像烧焦的树木。"

我们有的是时间。树叶
飘过大街留下一角钱的银亮色。
孩子们悬置在慢动作里，呼喊，
如蝴蝶一样液化，什么也做不了。

胞 衣

我游荡在沼泽之眼，
每个关节都因睡眠疼痛；
天空，冷漠无人情地深邃，
讽刺性地回应沼泽。

我的孩子喘气还是在哭？
在那只拽出她的光滑的手上，
哭还是喘气？或许她仍然
躺在她私密的黑暗中，蜷成一团

在她睡梦的小妖精的叫喊声下？
麻醉让我出离：
我在我丢失的马槽[1]上种植下阴影
当他们把她像肋骨一样从我这里取走。

裹着包裹着，她蜷缩在睡梦中
在死亡率的干燥边缘。
如果天空的那一边确实太陡峭
谁来搀起这小小的老太婆？

---

1 马槽（crib），指向耶稣诞生的典故。

谁会以她的名字呼唤她

当她还是一摊碎骨？

什么标识点亮了时间的灯丝，

碳弧将诞生石熔接到墓碑上？

泥土更艰难地拉动：垫脚石

在我游泳的眼前晃动。

那里亲爱的，亲爱的，这里是一颗药丸：

睡吧睡吧，一切都会好的：

摇吧摇篮曲。

莎拉[1]的洗礼日

我们的主，今天是莎拉的受洗日。
我不会用稻草给孩子盖房子，
教她等待，迎接神圣的容颜，手持祷告的
蜡烛，或者祈祷，如果赌注就是一切。
但我从未见过或爱过神圣的脸庞。
我不相信我所祈祷的一半。

这个世界是稻草：稻草母亲、父亲、朋友，
永永远远[2]，阿门。
但是主啊！今天，它闪耀，闪耀，就像光一样。

---

1 莎拉，诗人的女儿。
2 原文为拉丁文"Per omnia saecula saeculorum"。

剑桥 1957年，4月27日

你的信让我看到自己变老了

只留下一点过去可怜的翼尘阴影，

穿着传下来的蓝紫色旧衣，半睡，只是半睡，

像我脑海中蓝紫色尘灰中的九个一样奇怪，

你整夜靠在倾斜的阁楼上，就像我写作的

这座阁楼，

这潮湿的、比喻性的剑桥风

对不起吹在天窗上。

     新英格兰风景消失了

像钱一样：但在这里的阿加西人行道上我们省下

我们拥有的一切

在乔治大姨的乔治王时期风格的床下；

一个纠缠的花园穿过乔治大姨的脚趾生根发芽，

三层楼下：当夏天来时，天知道

我们将晒干乔治大姨种植的草药：

谁知道，谁知道

她脑子里在想什么。

我自己在读梭罗[1]，我为梭罗听着

1　指美国作家亨利·戴维·梭罗（Henry David Thoreau，1817—1862）。

这儿的上部；想知道是否有一个安葬的土丘

为了亨利：圣像牌，年龄。

45 岁。[1] 宁静的绝望。[2] 安息，

如愿：这些美好日子中的一天

我的侄女，那个有一只玻璃眼的女孩，

开车送我去瓦尔登湖：

穿过我的心，我希望去死。

1　梭罗只活了 45 岁。
2　引自梭罗《瓦尔登湖》，为梭罗的名句。

1963 年 9 月 [1]

我们在家里待了四年，在某种平静中，
某个类型的王国：在塔堡的小窗边
梳理着我们的黄头发，
在草地上玩跳房子。

与其他二十位格列佛 [2] 一起
我在门口徘徊，
透过这原色之谜观看你如何害羞，
你的同龄人的号叫令人目眩。

泪水，陪着我；陪着我，泪水。
亲爱的，去吧：这就是
所谓的学校，所谓的世界。
我有没有把我的手缝到你的手上？

五分钟后，在上帝的眼中
你和凯特和杰里米还在跳舞。

1　该诗写于历史上的震撼日期，当时三 K 党成员轰炸了亚拉巴
马州伯明翰市第 16 街的浸会教堂，杀害了四名黑人女孩。诗人
写下了自己第一次送孩子上学的恐惧的一天，看到孩子们在一起
玩耍，她松了口气。
2　格列佛，英国作家乔纳森·斯威夫特的幻想游记体讽刺小说
《格列佛游记》中的主人公。

很高兴被遗弃，我找到一张公园长椅，读着
伯明翰。伯明翰。伯明翰。
白色地面上的白色眼泪，
白色的世界在继续，白色手牵着手，
世界没有尽头。

河边

现在，三月迫使我们脆弱的脊椎像第一次分娩一样，

散落我们的笔记，让屋子里变得冰冷，

河边公园显露神的遗迹

厚颜无耻的男孩身着运动套服在最后一道光中慢跑着

身边伴着长发女孩，半棵树，

每只狗都是兄弟，或同父异母兄弟，

冷战的婴儿一直伸着柔软的拳头，

要去捕捞太阳

在这千百扇鸽棕色的窗户里纺金子

然后从霍博肯[1]上空的霓虹蘑菇中出来：

而我，和你一样，是天使眼中的我吗？

冬天是我们享受某种死亡的时候：

而大地的脆皮是很任性的东西；

枝条之根，锡脉的天空，

落叶玫瑰，散落的烟，老太太们

在长椅上等待的人长出了胡须等待。

我们在电话上谈了，打瞌睡，苍白，干燥

在误解中跳跃，每天催逼着

1　霍博肯（Hoboken），新泽西州城市，临哈得孙河，对岸为曼哈顿，属于纽约都会区的一部分。

消息，爱情终结的消息
从地球的四个角落：然后在黑暗中离开家，
在我们身后丢下鹅卵石，进入
寒冷：来自寒冷的眼泪
凝在我们的眼里就像泪水一样。

现在，随着三月，
树林开始移动，而我
在我的心里拥着你的身体，然后看见
这里每个男人身上都有一个光屁股孤儿，
每个长发女孩身上都有一个大胡子女士，
每只狗身上都有我心中的绿色部分。
那对情侣停下来了：温柔
他在她鲜绿色的树皮上刻下他们名字的首字母。
她带着一个孩子，月亮慢慢爬上一小步
并独自站在那里；而我留下
并破碎在我的睡眠里在冬天的骨头里。

为了蒂德

四月六日：国家解冻，滴水，

蠕虫在城镇下面蠕动，

地下世界：被释放的大地裂口

在狡猾的尤利西斯双唇间，

他手腕上的尘土歇息在

曾是珀涅罗珀[1]胸部的洞穴中，

连狗[2]都走开了

白眼对着阿刻戎河[3]：

不是伊丽莎白，不是杰克

已经回来了。

这里躺着蒂德。

使她幸存的是

上帝，你能听到她的

歌唱吗？大地如何释放

蒂德的冬天？

---

1 珀涅罗珀（Penelope），《荷马史诗》中奥德修斯（尤利西斯）
忠贞的妻子。

2 在《荷马史诗》中，奥德修斯在海上漂泊十年，返回故乡时
形同乞丐，连过去的仆人们都认不出，只有老狗阿尔戈斯，见了
奥德修斯便摇动耳朵致意，但它太老了，与主人相见之后，便趴
地而死。

3 阿刻戎河（Acheron），希腊神话中的冥河之一，痛苦之河。

吗啡，鲜花

蜷缩在散热器上，

留出她的探访时间，

圣路加医院夜间的声音，

从她的幸运夹饼[1] 身体中抽出

整个表格的读数：癌症

针头颤抖，断了！

她的脸肿胀起来：你能听到吗？

放开她！放开她！

---

1 幸运夹饼（fortune-cookie），一种亚洲风味的小脆饼，里面
夹有告知好运的小纸条，常见于中餐馆。

我祖母的手表

你的第一个孩子是我的父亲，
布法罗[1]的老符咒，年幼的女继承者，
我的黑眼睛宝贝，天堂里镶金牙的人，
你不停地吐着英语的椭圆形烟圈：你的刺耳的
丘吉尔式法语把我们都贬成了笨蛋，
甚至在你临终的床上，也铺着无可挑剔的薰衣草床单。

现在我戴上了你的硬币薄厚的红色金表，妈妈，
它的脸像大公爵一样温和，想想你的时间，
在我们之间失去了什么，我们的什么。
今晚，比如说：我的舌头因渴望而变厚：
孩子们的探访结束后，蛋糕被清理走，
是什么诱使你的桃花心木野兽留了下来？

在我十八岁生日的晚上，
你让我敬上一杯，说我
在学校里学得好，音乐也很棒！
粉红色脸颊，黑黑的心，害羞，
我甚至不敢直视你：

---

1 布法罗（Buffalo），又称水牛城，纽约州西部伊利湖东岸城市，属纽约州第二大城市。

看着他们把蛋糕清理干净。

疯狂又稳定的时针扫过一圈，
时间过去了。有人说
他的维也纳祖父
在他临终的床上把手表卖给了他。
你也这样吗？

我能做什么？

哦妈妈，我能做什么
用这种流逝的黄金和水晶来做吗？

性

所有这些年的等待，全部荒芜，年轻时
一生的。黏糊糊的渴望
整夜里那遥远的白色椭圆形
在天花板上移动；
手放在头上，手牵着手；
手电筒光下脏书的胶粘纸页，
像那些受损的古典腹股沟一样空白；

夜空中的树叶散落，
奇怪的，月下出走。
还有词语：百合，火焰，真爱之结，
勿忘我；到来，离去，
拥有，接受，躺下，
觉悟，死亡；
老国王的极地之剑，
酒杯在石头地板上碎裂。

而事物自己并非事物本身，
却是一个隐喻。

梦叫卖者

我们相约在你的平底船上聚餐。

我先到的：穿着白色连衣裙：我记得

疑惑于你是否会来。然后你射过海岸，

一个维吉尔式[1]的黑人吉姆，把我们摆渡到

你知道的一个卖海鲜的小洞穴里。

你有什么？你问。鳗鱼垂下来，

竹签的爪子在噼啪响的杂草中垂着。

所有的光都在我们身后。在另一侧，

冰盘上有一个形状像砂币的贝壳

却有着拜占廷式的蓝色和金色。那是什么？

好啊，我以前从未见过，你说，

并且我从不知道它的味道。

哦，我说，如果不好的话，

我不太饿，你呢？我们有外壳……

我正好猜到你的感受，你说

说着就要来一条；我们伸出了双手。

1　维吉尔式（Virgilian），暗指但丁《神曲》中维吉尔引导但丁
穿过地狱、炼狱的情景。

六美元！鱼贩子叫卖着，为这个美女！
我们跌倒在你的平底船上大笑着，

然后我醒来：身着白色连衣裙：
吉姆，像干骨头一样立在干燥的土地上，
老骨头，干燥的土地，吉姆，我的吉姆。

给我的灵魂

在哈德良和龙沙之后 [1]

分散的乳草，圣瓦伦廷节情人卡，

月光下狮子般的爱人，

我城堡的主人和客人，

温柔，打哈欠的王妃，

我夏天的藤蔓在枯萎，

未砍割、未扎丝带的槲寄生 [2]，

雪地里的魔鬼脚印，

催眠术，宝石蟾蜍，

我这一代人的装饰品，

每条道路的共济会，

壁橱里的骨头，未开花的草地，

笑吧，我的小尼姑！

---

1 哈德良，指博学多才的罗马皇帝普布利乌斯·埃利乌斯·哈德良。龙沙，指法国近代抒情诗人彼埃尔·德·龙沙（Pierre de Ronsard，1524—1585）。

2 槲寄生，灌木植物，通常寄生于其他树木，结半透明小浆果，常用于圣诞节装饰。

II 朝圣者

(*Pilgrims*，1969)

情 侣

一晚上他们都
发现自己很孤单，
最初的冲动消失了。
没有理由。

假期不像是假期，
邮件中什么都没有，
如此等等。每个人
都想变好一点，

没有人活着还记得他们。

出于礼貌，没有人说话。
到天亮的时候
甚至连婴儿也对他们厌烦，
带着饥饿，跌倒；

甚至你，王子，灰色
萦绕着嘴巴，厌倦了呼唤，
厌倦了野蔷薇，厌倦了他们，
骑着马走了。

在湖船边

在街上飘过的报纸
让她哭了，纽约所有的鸟儿都在哭，
因为他们不会说希腊语。

她什么也没有带，走到街上。
天是朦胧的，一个
更安静的舔
舔着门，

她柔软的黑色魔法，
吞咽着他，孩子们，
世界：离开，每个人都离开，
变成天使或虚无，

或像天堂的孩子一样游泳。

度夏房子

1

她拉住他的手
所以他把她带到他的国家：
"看看，它很干燥"：而且
它是一个光的原野，水，
一棵树如水作响
在那风中。

——在你的国家
有一个光的原野，水。

你的身体在风中，
而我在你的嘴里，在你的手里。

2

那里有的是时间
摆脱时间的拖累
我们最好没有固定的脸
身体或言语；时间

像羽毛一样握住

在坎佩尔[1]的盘子上：飞鸟的 V 字形

在鸟舍的天空，蓝色花朵悬挂

围绕着带雀斑的男孩和女孩：

整个下午阳光嘀嗒作响

穿过睡眠，穿过我们借来的房子。

3

我们在雪中堆出的天使

被吹走，雪的边缘的形状

再次只是他们自己

而我们更高处的自己

在房子和树林边缘之间冒烟，

急切想进来或是下雪：

——他爱她吗？她爱，

他爱，他们

爱这雪的古老故事

和这房子的模样。如此在一起。

1　坎佩尔（Quimper），法国西部布列塔尼大区城市。

树 木

最亲爱的木头人
我爱你

我能品尝到你
在床上的大笑中

来吧教我爱你的
头发

沉思的人 [1]，
螃蟹，你这天使!

感觉我就在你的手掌上?

看吧——

所有这些细密的树
今天早上悬挂着准备茸毛，

1　沉思的人（"Penseroso"），暗指英国诗人约翰·弥尔顿的名诗《沉思的人》。

我看不见的高鸟在吹口哨，

冬天滴落下来

越来越快

更快。而且不死。

等待。

她的梦：孩子

它凝视着凝视着
直接通过他们走向世界。

但最好是进来那个
安静的男人说，而她说看看
并把它带到床上。

他们躺得更近
在这苍白的早晨。三只扁白鸭
在墙上醒来并飞去。

在早上
他哼着唤醒了他们。

俄耳甫斯和欧律狄刻

我们付出的，我们有过。

我们有过的，我们拥有。

我们丢失的，我们留下。

——给夫人和自己的墓志铭

德文郡公爵，十二世纪

1

你。你奔跑着穿越原野。

一个嘶嘶响的时刻，没有一句话，

而它就在那里，我们的地狱：

在你的脸后还有一张脸，另一张脸，

而我

离开。

——而你活着：瞪视，

几乎在微笑；

听着他们跑下，撕开

空气，从空气。

2

"黑暗无所不在"
我们说，我们呼唤光，
照到我们身上。

恐惧

攫住我，亲爱的。甚至夜幕也被
拖拽下来。月亮消失了。有人
在我们眼前摇晃着
一块从前的黑色镜头布。
你眼中的亮光像是雪人的双眼。
我们一直这样望着彼此。

我们有过的，我们拥有。它们循环。
你把它们像飞蝇一样吸引来。
你笑，我们跑过
赤褐的原野，在尽头转向碧空——
你转弯，再次转弯！河流
冲刷上一只鞋子，一捧空气。

再 见

在贝拉·阿赫玛杜琳娜[1]之后

是到了最后说再见的时候。
不要觉得你必须爱。
我说个不停,疯了,
或者也许进入一种更疯狂的平静。

你如何爱!你的嘴唇刚刚掠过灾难,
再无别的滋味。但这有什么关系。
你如何爱!你怎么就毁了?!
手足无措,像一个苍白好奇的大男孩。

哦失败的冰冷,冰冷的断定,
对你不会有什么解决。身体
四处游荡,看见光;太阳和月亮
透过窗玻璃格闪烁。

空洞的身体继续着它的小任务。
但是双手变得轻飘、松懈,
就像一小群什么,斜向一边,
声音和气味都擦去了。

---

1 贝拉·阿赫玛杜琳娜(Bella Akhmadulina,1937—2010),
俄罗斯富有艺术个性的女诗人,和叶夫图申科、沃兹涅先斯基并
称为 20 世纪 50 年代中期前苏联"解冻一代"代表性诗人。他们
的作品被介绍到西方后,曾很受关注。

最亲爱的

                        这一天破裂了

在十度。我在床上游泳

越过一些梦中丢失的句子

在孩子的哭声中：她墙上的巨人

把房间翻转过来，回来：

我告诉她所有我知道的，

墙壁会塌陷，他会走。

握着她的手指，我观看天空升起，白色。

寒霜形成同样的线条

在与去年冬天同样的窗户上，

更快，更安静……我想怎么什么都没发生，

想知道如何

去摸一张脸以形成线条

打破坚冰并及时地

进入这个世界，难以相信，渺小，

血腥，闪亮，这就是一切，我想

这是上帝的美意，我转向你，

然后跌落，然后转身，

随着日子扩大

我们真不知道该怎么做。

四 月

假设我们有一分钟一起站在
燃油车的电线底板上：
假设我们是在黑暗中。

它温暖而干燥。
我们有食物。
我们不是在躲着等待，常常是
我们坐在自己明亮的房间里。

过来，带些东西：带来
牛奶、花生酱、
你的药片、你的羊毛、蜡笔。

修女们祈祷。
雪。天黑了。
为我们死去的朋友
去年和今年
之前和这一年将死去的人。

让我们说吧，
就像蜜蜂一样。

箱子梦（2），采访斯特拉文斯基

"闲扯就是旅行，

在这样的时间里，就像旅行，

加速到第 n 个程度，

那就对了，

"如果你记得某个下午

地质时间不可估量的

筛子，说慢雪的

那种慢，

"　　　　　　闲扯起源于

古代阿拉米语[1]

一个词语，sari，或 safari，

"意思就是

去旅行，

或者，去爱。"

1　阿拉米语（Aramaic），古代近东的通用语言和波斯帝国的官方语言。

死亡之屋

同样的夜，灯光，咳嗽，
巨大的鞋子行走，你的呼吸
穿过三堵墙，睡进最后一样东西。

在我们小树林的拐角处
最新的一个不停地说
哦，我，哦，我，
哦他，路过的警卫咧着嘴笑，
叫醒你。你朝前去了。

警卫朝前去了。
这是房间，城市的死者走来，
严肃的姐妹们，捕猎毛皮的父亲们，
母亲们仍在等待，跌落
经过我自由的双手，
而我的双手跌落。

被拆毁的建筑

慢慢地，慢慢地我们爆炸时间
释放它的生命：镜片，睫毛膏
在这破碎的新地面下，
在新刷的原色油漆下
堆起，供一些人前来
连声叹惜

但亲爱的在这个十二月
墙壁走开，我们赤身婴儿般坐着
对着我们的书盒微笑：
慢慢地第一场落雪
蜷缩在它自己微弱的撒落四围，
每一点缀都不同，我们认为我们可以
回过头来重学，用这一切
照亮四周。

雪飘落着而我们边走边谈论战争，
书籍，时代，我们朋友的可笑生意。
镜片，睫毛对着公寓低语
油漆脱落的楼梯轮廓暴露在露天里：
光描抹出千百个窗台，

空酒瓶，我们在地板上的影子，
所有的背影，成堆的书，我们的玩具，
我们的信匣子。慢慢翻过的报纸
这四分之一世纪接纳了
它的婴儿死亡，释放出它微笑的 *kouroi*[1]
我们将在空中与他们的眼睛相遇。

　　一月的光亮仍有些储存
片刻间从你的脸到我的，到孩子们的，
她的话像火炬，比空气还轻盈的喷泉。

1　kouroi，古希腊雕塑中青年男子雕塑及其风格。

月亮人

在这里我们也敢于希望。

——罗马诺·瓜尔迪尼[1]

光年

向下游向我们

并不总是一条直线

那就是他的玩笑，他的夜晚

恐惧，他的朝圣者的攀登。

而在半路上

抛开他的银色

外套　　他看见

绿色的地球

第一次历历在目：

最轻盈的女孩

最沉重的海洋

成为他们自己

1　罗马诺·瓜尔迪尼（Romano Guardini，1885—1968），德国神学家、哲学家，生于意大利。

并迎向他的手。

他让一对同志情侣沿着
他的白色道路走下
犹如迎客；他听到闪亮的
男孩和女孩，鸟和鸟
有了时间

在他的绿水中。
他以清澈对抗一切
在最后之时
孑然一身，月亮人
到处打开：

这结晶的是他的盐
他的女孩
　　　　　他的天空
他的劳作
　　　　　他的地面。

儿童与恐怖分子，恐怖分子与儿童

地球在他手中着火了
每个人都睡着了。

他来的时候我们给他吃什么？
刚开始听到他的脚步，他的声音，

我的脚步，黑暗中的归途，
去我不需要说谎的地方

或离开任何人，这都需要一生，
并且进展缓慢，

　　　　　而那个蓝白色的
贝壳我一转身粘在了我的后背上，

裂开，骨头般卡住了我，
变成石头，想要滴落，
想要变成一个凉爽的地球，
想要打电话

——喂，你怎么样了？
古老的中断。南极之遥。

朝圣者

他们站在那儿开始长出皮肤
斑驳如树木，在他们自己的
闪耀中孤独：火
熄灭在空旷的地面

他们为自己创造了一个地方。
它不是很好，
他们跌倒，并冻结，

他们中有人说
好吧，这就是他们能做的，

有人则说这很美，有些日子，
那把小家伙带下水的方式，
还有一些人躺着抽烟，抽烟，

有些人为善而燃烧，
有些人等待，
持久地，凝视
越过彼此仁慈的肩膀，
倾听：

仅为一月的解冻而欢欣
或在某种不露笑容的眼神中安宁
他们一直都知道

他们低语
我们为什么在这种生命里。

III 平凡的事物

(*Ordinary Things*，1974)

哀歌之后

两年来我几乎一直在睡，
一只书桌上的手曾经在厨房里。

五次或六次你从窗户边
经过，仿佛我是在公共汽车上

昏沉沉穿过西北，醒来，
看到老村庄从你的脸上掠过，

沉睡。
　　　一位医生和他的太太，一位医生，也在
厨房里，猛地醒来。有什么变得
不同了：一个小手印在陶盘里，一朵天竺葵，铝
阳台上栏杆相接，婚礼车的喇叭，

白光中孩子们模糊不清。生命向
其他孩子射击。向纸张开火；黑色的

面孔，审判的面孔，亚洲人的面孔；扁平的
大地　你的面孔　蕨类　煤

"秋日"

谁这时没有房屋，就不必建筑……
就醒着，读着，写着长信……[1]

——里尔克《秋日》

空气中的房子升起，而不
在任何树木中安顿下来。
它的线可以通过机器布置到这里，
有线电传真，在雨中变成柔和的点点。

是什么如此用力拉扯你？
　　你愿意去想想
是否让那一伙人的
行走或心电图表
歇下一分钟
　　去问问那里的房子——黑暗，
　　石头，飘浮过建筑物的边缘，
　　某人，某物，也许在里面——
但是你不能停在这里：危险的空气，
人群，灯光，酷热的印第安的夏天……

1　这两句诗取自冯至的译文。

奇异的安静，
白天里工作，晚上，写着长信
在这个冬天，你会有你的朋友们，
和朋友们的朋友的名字。

他说道

"当我发现我们的坠毁之地，在雪地里，我们两个，
我独自制订了一个计划。它让我竭力去喜欢它。
树木一直稀少，还有小动物们。
她每天夜里游过我，温暖，像是我的一生
都在我的眼前。她是他们所谈论的睡眠，而有些日子
所有我想要的就是睡觉。"

力

这个男人，盲目而虔敬，
听着他的学生读者；
这个人做了他想做的

并入狱，患病；另一个人
来到他的工作的尽头；
还有一个把自己扔了出去。

我们也是，我们的命运继续，
进入中年。

今天我们参观了一个墓地——
奴隶或印第安人的坟墓，你说——
下陷，没有标志，锤打的花岗岩绿色边缘
锋利如一道肩胛骨。
　　　　　　　　上帝掰开了我
从我已铸成的僵硬生命中。

亲 戚

一个女人的脸靠近窗边，
白色，镇定，告诉我说我
不爱她；我不爱他；
我不爱我的孩子，所以他们枯萎了，
所以她会把他们带上，带走。

我不能爱他：他是死人。而她——
她现在不会伤害我们了。

但是这凄凉的孩子，
和这风，和这白色的窗户。

观看电影《亚特兰大号》

（让·维果¹导演，1934）

一个女人坐在工作台前，读着故事，
想着所有她自己从未讲出的真实故事
出于爱，也出于羞耻，恐惧：破碎的玻璃，撕裂的墙壁。
读关于河流的故事（她就是河流），
木筏在横渡，父亲，丈夫，情人，
她自己的儿子们。河流歌唱；他一直想着那个。故事。
故事在横渡。

在木筏上，他为她搭了一个
庇护所，倒满一杯（看到她的颤抖，清晰），
试着睡去。
时刻，时刻，他在睡觉还是游泳？救救她，救救
他们，别管他们，他的声音跳动，他的肺，他的心，
他的手臂拍动，拍动，如此缓慢，而黑暗在摇晃黑暗在
微笑，想要他们的笑容，要它自己的脸。

1　让·维果（Jean Vigo，1905—1934），法国导演，1934 年自编
自导爱情电影《亚特兰大号》，同年 10 月 5 日因肺结核去世，年
仅 29 岁。1962 年，英国电影杂志《视与听》把《亚特兰大号》选
为电影史上最伟大的十大影片之一。

二十天的旅程

（荷兰）胡布·奥斯特休斯 [1]

1

我以为　这只是一个很薄的门槛

散落着稻草的台阶。

但它是一个垂直的楼梯

一个沙漠　陡峭的金字塔。

我挨着斜坡边缘向下。死人

耸肩从我身旁经过。所有他们的书。

判决的世界，毒害的梦，

你孤独，你要发怒。

紧握的钥匙在我手中融化

我挖一个坑

向前走　转身

任何地方都无路

1　胡布·奥斯特休斯（Huub Oosterhuis，1933—2023），荷兰神学家、诗人、宗教歌曲和祈祷文作者。该诗由瓦伦汀与荷兰女诗人朱迪丝·赫茨伯格（Judith Herzberg）合作从荷兰语翻译。瓦伦汀还译有奥斯特休斯的另一首长诗《俄耳甫斯》，见诗集《信使》。

我屈身于风
潜入这个大地
恨我的脚。

    2
穿着带纹路的大理石背心
我坐在游戏桌前，下赌，
为生或死

为在雪中被吹刮走的
脚印
那呼唤我的声音。

    3
谁磕磕绊绊地穿过破裂的
野地荒草（前景，左边）并攀上
宽大生锈的轮子　掉落　然后旋转
然后停止　尝试思考　跑着
穿过一个岛　是我。

而那个宣称横跨巨大金穹的
（顶部中心）　说谎　嘴唇伸展到爆裂的
是你。我们之间还有人　几乎

有着肉身　几乎可见
在一条蓝褐色的河流底部
倾斜　像一个旧瓶子。

　　　4
然后淹没我
红色冲过河坝的石头
害怕明天这一刻
想象的枯木
模糊的意识那么　现在被撕开
被活剥了皮。
我的心智是铅，每一个细胞
坚硬，重，金属。

我爬上一条路　旅行
越过边缘，跌倒
跌入你的玻璃深渊
你　盛满火焰的烧杯

我的身体化为雾，但还活着，
一只不会合上的眼睛

5

二十天的旅程：我包裹蒸气　折叠空气
在水面上蚀刻水
——看到你站在那里
但是没有脸　钻石之死。

6

你分裂成我
软假牙啮咬
咬进我的嘴唇
无用的痛苦　我什么都不是　一口脑锅
一个盛放你声音的杯子。
你皮肤上剥落的鳞片
合上我眼睛的硬皮
你的上腭慢慢长大
长进我嘴里
你的脸从我的毛孔里长出来
像发烧的皮疹。
好像我从来不是什么
你劈出路穿过我的每一部分
我成为你肉中的肉
你骨中的骨。

7

粉笔线还在标记地面

就在你站立之处。我们的肩膀相触。

我害怕。而你只是在说

平凡的事物。

多变成了少　　邮件

留在那里好几天了。

现在无处可去——

我感到你到处都是

8

当他们从海上开火

冲上一个城镇

然后　死者溅起在那里

像绳索一样悬立

然后　向溪山 [1] 开火

就在那时。

当一个薄气囊飘来

从天而降　猛摔的柱子

1　指 1968 年间的溪山战役（Battle of Khe Sanh）——越战期间
发生于南越广治省西北部的一次大规模战役，北越军队与驻守溪
山的美军均伤亡惨重。这场恶战也在美国国内进一步激发了反战
浪潮。

血肉横飞　你呼叫我

你住在那里已很长时间
你被带走了
眼皮嘴唇手指和所有一切
都扔向了我
你　一座穿过死亡的桥梁。

我从海中挣出，水漫过腰
并拍下这些残片
游戏场　像一个男人的后背。
蹦跳着的逃生者。

9
在小补丁中
它已经凝结
变成玻璃

有些东西像一座房子
但是空了

一个形状
在明亮的绸巾下。

我擦沙子
它进入我的眼睛
所以我什么也看不到。

我听着你走路
好像你背负着什么东西：

你的脚
长回来了。

10
我们走了
沿着海
海岸真像线一样断了。

我在门口按了好几天门铃
持续不断的长谈
像电波一样穿过我

我爬上屋顶
你就曾在那里
我到的时候你已经走了。

宵禁：在保罗·艾吕雅之后 [1]

（在和平时期）

你能期待什么

在一个陌生城市，我们什么人也没看到，

我们几乎没钱，天很冷，

我们路过不同的名字，希望看见什么人，

我们大多是在晚上出去，天很冷，

你能期待什么

曾在街上的他们都回家了，带着鲜花，

每张报纸都说你也这样做做

为这最后一次，每一样死寂都说

这里无处可去，

绿色的墙壁支撑着。

我们知道我们所知道的

你能期待什么

狭窄的城市街巷

整夜闪射进我们的房间里

你能期待什么

我们曾是同样的骨肉。

---

1 《宵禁》（"Couvre-Feu"），为法国诗人艾吕雅在纳粹德国占领巴黎期间写下的一首名诗："门口有人把守着你说怎么办／我们被人禁闭着你说怎么办／街上交通断绝了你说怎么办／城市被人控制着你说怎么办／全城居民在挨饿你说怎么办／我们手里没武器你说怎么办／黑夜已经来到了你说怎么办／我们因此相爱了你说怎么办"。（罗大冈译文）

忠 诚

1

在这安静的房间里，我读你的信，
就好像我在你家一样。我读。
你工作到很晚，下楼。孩子们都已入睡。
下雨了。稍后我们会喝一点热威士忌和水，
并入睡。

外面，街道是白色的，雨水
像玻璃一样闪耀。警车
巡游。你把我抱在怀里。
巨大的飞机从我们头顶上飞过。

就好像
如果我回复你的信，我就得给他们看
我的护照：纽约。十月。
其他的朋友，其他的生活。就好像我可以选择一样。

2

陌生，悲伤，这些信

不知道你在想什么，读读这一封

友谊，忠诚。

事情本来的样子。

在外面的绵羊草甸

我凝视躺着的高中男友，几乎不动，他们的皮肤
在灰色的树下闪光；我凝视
年老的人们，他们在交谈，他们的脸
仰向太阳，就好像他们躺在床上说话一样。

我的手张开在你的手中……

周日的报纸梦幻的自行车骑手

事情就是这样

我恨，我想拥抱那个男人，那个靠近你的女人，
她听见你的脚步。

3

甚至不知道你在哪里

你的快速的、向前的趋行
在这个男人的行走中，你的眼睛
在那个老女士灰色、不安的眼睛里。

4

我们有我们的生活。

黄色天空下，河水泛着白黄色的光；每只昆虫都发光，
蹦跳和跌落。我们沿着田野走回房子。

你的房间在那里。白色房间。书籍、纸页、信件。
邮票，电话。我们的生活。
我们总是在选择我们的生活。

5

整夜我以为我听到了电话，或是一个孩子
在哭。你的面容
变成了你脸的快照，一张
五年前的。

你的妻子和我都坐到很晚
在厨房里，喝着咖啡，像姐妹一样聊天。
一个孩子哭了；我们中的一个走向她，抱起她。

在这里，坐到很晚，和一个朋友一起，
听着，谈着，触摸她的手，他的手，
我触摸你的手。没有人
再多说什么。没有人离开任何人。

框架之外

这就够了，现在，在任何地方，
与你所爱的人在那里交谈

并倾听。
慢慢地我们可以告诉彼此一些自己的事情：
奔忙，休息，暂时的解决；跌倒，和镇定；
艰难的欢乐持续，当然；甜蜜，沉闷，
禁锢，人类的沉默；

                     回头看看孩子们，
有规律地，他们的血液自然闪烁；苍白，庄严，
长腿兽神在他们的睡梦中成长
进入他们的生命，进入他们的睡眠。

力（2）：歌

草茎穿破石头：

我们伸手抓住自己的空洞，

微笑的曲线：赤裸，我们自己的

肋骨庇护我们：一个男孩的冷，苍白的

手指罩住一根火柴：

心的钟铃声：空洞，快速，

透过活生生的喇叭，骨头，

到达这一天，平静。

IV 信使

(*The Messenger*，1979)

杜飞 [1] 明信片

贴在你白色厨房墙上的明信片上有玫瑰，在白色的
碗里，在有蓝色和绿色阴影的餐桌上；桌子是棕色的，
黄色的。沿着墙纸的粉红玫瑰花园地，一个紫罗兰
阴影变成了棕色，在地板上移动：现在线条从卡片
上离开，墙壁线，圆桌的一只弯曲脚腿，椭圆形的
影子；地面在半空结束，这里：

　　你坐在你的桌子旁
　　看着明信片。绿色的
　　日光映亮窗户；每个人
　　还在睡。绷紧的线条。

　　白天，它的时间和建筑；
　　人们重又开始，在你周围。你还在
　　你的白色房间里等待——
　　白色帐篷搭在积雪覆盖的路上，风，
　　熟悉的声音——生命——

1　指法国著名现代画家劳尔·杜飞（Raoul Dufy，1877—1953），
其作品带着印象派、立体派和野兽派的风格，风景画居多，色彩
艳丽，装饰性强。

每一天你向外面移动更远

轮廓线，更友好，更危险。

你要去哪里？

谁会成为另一个人？

荒野

沼泽的水里有一种奇异的可以防腐的力量。已经
发现的尸体在沼泽里一定躺有一千多年了……
——1837 年丹麦年鉴，

P. V. 格洛布《沼泽人》

一座裸露的白色画廊中的雕塑：
狗鱼颌弓，在一个闪亮的透明空间
没有什么地域性：泥炭、沙子、空气的水平。
骨骼。牙齿。
精致的细白下颌：那去伤害的意愿——奥德修斯
　离去——

在四十岁时我们总是父母；我们拥有彼此的性
在一种新的柔情里……像我们曾经的那样；几乎从不
在婴儿太阳穴的透明脉搏上呼吸过——

我们的呼吸变得更短促，
我们只活一分钟，轻如鸿毛，我们的性是糟糠……

睡眠：房间

碎裂成蓝色和红色

影片，长肌肉贯穿骨头，原始骨盆拉拽

分娩：刻写在石头、青铜、银子

眼睛、肚腹、嘴巴上　　一圈又一圈——

看，这些照片，在清晨的喧声中，

在这个闪烁着金色火焰的城市岛屿上。

图伦男子。温德比女孩。那瑟斯[1]

女神。

在一片光的树木中间　　被剥去白色的高大叉状树

挺立在沼泽边缘，在丹麦，

我们行走　　出去走向荒野　　慢慢地走过

被荡出去的帆布

婴儿床

沼泽儿童。

1　那瑟斯（Nerthus），古老日耳曼异教的女神，被认为是北欧
神话里航海与渔业之神尼奥尔德的名字原型。

一起生活

拂晓，玫瑰条纹，棕色，干燥——
一辆汽车启动。一根针偏离，
一小时，一个夏天……日子
安顿下来，在这最后的
世纪，我们的努力，我们神圣的
欢宴。

这应该，也许不，发生，这种
两个人的相遇，或者不，不是现在；
或现在。

走出白色的犹太之光下
你移动，像课堂上的人物；

你打开你的生活像一本书。
我仍然在听你的故事

就像一个寓言，每一个字词简单，
但是这一个怎么
跟随前面的一个，还有下一个……

现在，这里

天空是同样的变化
颜色像最远的雪。
高大的松树飘浮
犹如气流中的蜡烛，
临近溪水
清澈，如棕色的叶子。

    倾斜的天花板，
    两张婴儿床；苹果花瓣；
    淡淡的树木烟味，
    木头，松脂……
    我的姐姐，我，那么
    我们那时是谁——

    楼梯下，成长的世界
    屈身于书本；低低的火，低低的
    声音。失眠……

    我们的木头房间
    ——白色桌布
    在我们之间的桌子上

四十年了，一阵呼气……我们的女儿像鸟儿盘旋，

　在我们的

灯塔内，撞进什么东西

那高处的言谈，留在她们的生命之外

安静的心，轻盈，这个早晨；海玻璃的碎片

邻近窗户，几乎是琥珀色，像拇指一样弯曲，花瓣

天空是同样的变化

蓝色，和绿色，如同燃烧的雪。

这么多人一定睡着了

在这白色的安静下，入睡，

睡吧，低低的声音，灰尘的头发，

在那双眼睛下

神的

不可能的

罗盘手指。

宽恕之梦：来自华沙隔离区[1]的人

他看了大约六个或七个人，都太瘦弱了。
看来他在那儿是对的，但是一切事物，
每一种轮廓，缓慢……他说波兰语，
我无法回答他。
他指着窗户，树木，雪地，
或我们的银色礼堂。

我用英语对他说："我一直生活
在这里，平静。一种私人生活。""在耻辱中"，
我说。他点了点头。他现在老了，善良，
我的年代，或我母亲的年代：他点了点头，
并在我的笔记本上写下："让它变好。"

他皱了皱眉，并停了下来，
好像他忘记了什么，
就再写了一遍，
"让它。"

1　指纳粹德国占领波兰期间在华沙划定的犹太人隔离区，德军
用高墙、电网和铁蒺藜将隔离区封住。1943 年 4 月 19 日，党卫
军向隔离区发起了大规模扫荡活动，遭到犹太人地下组织的抵
抗，在此后 28 天里，德军死伤 300 人，约 1.3 万华沙犹太人牺牲，
华沙犹太区不复存在。

我行走，停下，行走——
触摸白桦树皮，闪亮，呈粉状，寒冷：
我尝尝雪，我的舌头发热——
纯净的寒冷，我舔了舔手上的盐：
这种安静，这些仍不可造访的星体
随选择而移动。
我们的亲戚在这里。
曾经在这里。

轮 转

这是一个新公寓新的
彩绘客厅
它的桌子，床，椅子。
它飘浮着，在大地明亮的边缘
飘浮过冷漠的空白，没有
颜色，没有安慰——

有孩子的孕妇在家
休息，喝茶，闭上眼睛……
我真想再一次走在冬天的田野里……
和平在我们的煎熬之后
降临了么？
她想到了孩子，他想要茶，想要
她的眼睛，她的嘴，她的手，
想把她拉到外面的田野上
拉向又远离
事物的厚重。

一个女人站立　站在新窗口。

身躯：一个青铜的马蒂斯式[1]的后背：
在博物馆花园里。孩子们还在玩耍，
在它内里的空心部分。
它的强度增厚，简化。
变得更安静。

第一天平静。第二天；第二
年。我带上我的生命。如果你在那里
我会对谁诚实

这一切我得想很久
说最简单的事物：
但是一点也不像我已经知道的。

1　指法国著名现代画家亨利·马蒂斯（Henri Matisse，1869—1954）式的风格。

劳 作

——纪念罗伯特·洛威尔（1917—1977）

在高高的房间下面
在火车下，谈话，
你一直在朝下挖

从生命到生命
穿过大地的碎片：
孩子；世纪的孩子们；

还有我们不知道的那些
因为他们曾经活着——

他们的秘密，抬起家庭的
声音，被攫住的脸
在闪电中。那里发现

大地之骨的阴影眼睛；
她的静物
你的令人难堪的印制：

饥饿：光
通过光上下移动……

物件的梯子：一支柔软、灰色的
破桨，一根羽毛，
一只鞋子，一个孩童的铅笔盒；

光把我们
拖向光
日子对日子说话……

而现在，在黄昏
那个男人还在挖
看到自己在接近：
他的半微笑的凝视越过我们：越过他自己：

这个男人碎裂了，在黄昏，
在火车下，掘出
黑暗，繁荣的青石。

沉默：政府的梦想

从你的眼里我以为
我们几乎可以移动可以说话
但是你的脸
绷在那里，在黄色的空气中，
而那只写下我们名字的手——
还有太阳通过我们
闪耀的方式
和我们一起完成

       然后
明显的惊讶——空气
绽开：只有我们自己
坐着，说话；像通常那样；
厨房的窗户
由同样的蓝灰色字典
支撑，敞开。
八月。雨。一个星期二。

然后，缺席。打开的房间
悬空   长长的街道
离去   安静，黑暗。

海底。有缓慢的
形影滑过

然后，日子
照样重新开始：同样顽固的
脉搏抵着喉咙，
同样在听
人类的声音——
你的名字，我的名字

挽歌之后（3）

在这样的结束里，最清澈的阳光，
照在磨损的木头门廊上，中途
越过跳动的港口，
在圆形的天空下——白日月亮的
发光而柔弱的头骨——

在沉睡和醒来的中途，
我想到了你，
我的兄长，
困难的朋友；你持续的跋涉
从我们到死者
似乎要走几个街区；
看上去什么也没有。

你也什么都不是　我们无处去找你

——但是你抬头
从摊开的书籍和纸页中，你说
——但是现在我听不到你说什么，
你又怎能听到我们，或看到
我们的划船进度？我们赤裸的手臂

在拉拽——

　　　　大地在拉拽

去它不会去的地方。

信 使

1. 父亲

在这陌生小镇
陌生的房子里
赤脚走过父母的空房间
我听到马群　火焰　车轮　骨翅
你的声音。

我整理我的角落：
这张桌子
这封信
这种行走。

你死的那晚
等我赶到彼得·本特·布里格姆医院的时候
门卫说，你上去也没用。
那是第一次你对我说死者——
从大厅高处的角落。

第二个晚上一个朋友说，好吧这些死亡
带来我们自己的死亡，近了。

但是现在，这是你的声音
比我的还年轻，俯身——说再见——
镀金的海军军官的剑
呈直角的真枪。

每天晚上货运火车穿过那条过度伸长的路
在尼尔森原野的山脚下，嘶哑着生锈的
汽笛。火，车轮，萤火虫。
星星的墙壁。真正的马群。我可以去
任何地方。可以去你在的地方。

我躺在河岸下，脸深埋在湿草的墙上。
我不能去任何地方，没有这样的事我亲爱的。

我妈妈的双手上沾有面粉，
在她的颧骨上也是。我父亲在微笑，他的
灰白的微笑映在墙上。她从
她的眼窝上撩起头发。他的眼光
落下。落在我们身上。

2. 信使

你是信使
我的同父异母兄弟，我以前见过你，
你以前来看过我一次，

在学校的走廊上，在医院里，
在狭窄的酒店房间里一次，
一次是在八月的一条土路上。

我靠在这张桌子的橡木纹上，
你身体的肌理，你的头发，
你的长背。这个李子
比你的嘴更黑
我喝它的咸甜味　它的叶子气味
从你的舌头。睡觉；
你的深黑色脑袋在我的胸乳上
转向
一个男孩的头，你是艾伦　我的兄弟
约翰尼·德索托，九岁
菲利普　我的兄弟
大卫

你的手确实是我父亲的，这方形的手，
还不算太晚，你在沙滩上往下挖
给我看水

你转过身，在睡梦中说些什么
你是我的妹妹　我抱着你很温暖　她的乳房
你追踪我的乳房

我的眼睛紧盯着，他们打开……

每一样东西，什么也没有……

我们不害怕。

大地从我们身上滴下

现在我要永远活着

现在我可以轻松地分布我的身体

如果有什么用

现在那片大地

通过我们下雨了

绿色　白色

又白又绿的青草。

你说你要开口说如果我活着没有你

我会活着。那一直是你的故事。

3. 山丘

开花的山茱萸静静站立，水平线的平面

在窗户上。在雾中。灰色小人物

爬上绿色山丘。带着用油布包裹的精密工具。

一些人推着自行车。——等一等，我来了，但不是

　　这一次

现在我可以分布我的身体

如果有什么用

再说一次

如果你不教我我就不会学 [1]

——首先，你知道，你必须保持静止。什么都不要碰。

在这房间里。什么都不要看，什么也不听。

长时间地。首先，你必须打开你攥紧的双手。

你必须把你的母亲和父亲抱在胸前。

我以四足站立，我的皮毛

温暖；温暖的器官，男性的和女性的。

大地以光和温暖围绕着我们。

我们舔破我们苍老的忧虑

像鲜血从我们的脸上、臀部上流下，我们

轻触着彼此，我们所有的白色皮毛，再见，再见……

最后再说一次

即使是最后一次 [2]

我醒来时一只手紧握着另一个人的手。

1　引自塞缪尔·贝克特《卡斯康多》（*Cascando*）英译本。——
原注

2　同上。

我的头枕在油布上。一个安静的声音笑了,并再次说:

——你没有我就要前行吗?

那一直是你的故事。

译作两首

俄耳甫斯

（荷兰）胡布·奥斯特休斯

俄耳甫斯像个农夫
在他的长笛之犁后面
在梦中发现一个伤口　一个
大地像气管一样颤抖的
潮湿的地方
然后他走下到那里。

被驱使着穿过树林
转向岩石　又随冰块漂移
指节被帆索磨破
他经过那只狗
看到他们都死在那里
除了欧律狄刻。

她住在一个锌皮桶里
光亮熠熠透出
那里有她的可爱的门框
床的五线谱　一棵树

肿胀于她自己腹叶的白色
斜靠的身体
等着他，但几乎
是在无意中。

服从上帝，他服役了七年
牧羊　做守门人　或是穿电线
用来炸翻门槛　沉船
引导太阳
为了得到她，他成为
更贫穷的聪明人。

有时候他想我会走进乡下
像一匹马
什么都不吃　淹死算了
这样会更好
但是不想这样，并知道为什么不
第二天和后来，他做了他要做的
并等待。

再过七年她就可以来了
仿佛他感觉到破损的痕迹
已遍布了她
她变得毫无目标
因老是坐着和睡觉而发胖

也许是那条蛇　渴了吗
他想，当我吹长笛时
她可能会跟随　她可能
会再次变得美丽
就像她从前一样。

好吧她跟随了他
为什么不
她没有别的人，他的高大后背
变老了，也更为多毛
但依然是那个
她一直爱抚的人。

然后突然他不再知道
那是不是她
曲调也逃避着自己
他看到森林像每一样地下世界
都在尽着本分
腐烂的东西复活了
他没有回头看。

他们继续睡觉没有声音
她梦到　你和我在行走
我在醒来
我的眼皮仍然发黑

因为等待你的眼神　看着我

如果你爱我她会呼唤

你将跑得更快

在赤裸的神经上跑　我

没有环顾她的呼唤我们将

最亲密地看见大地

直到我们第二次死亡。

越过水面

阳光在起风前吹来

草木黑暗　有生物经过

他奔走并不再知道

他是否曾回头看

那里大地在

下面　还是在上面

曼德尔施塔姆，第 394 首 [1]

朝向空荡荡的大地

跌落，步履蹒跚——

带着一些甜蜜，一些

不情愿的犹豫——

她行走着，正好保持走在

她的朋友们之前，

那个轻快脚步的女孩，

那个年轻男子，比她小一岁。

羞怯的自由吸引她，跛行的步履 [2]

释放她，催促她，似乎是

1　该诗是曼德尔施塔姆流放在沃罗涅日期间（1935—1937）写
下的最后一首诗（"394"为其诗全集的序号），写给当地一位年
轻女教师娜塔雅·施坦碧尔。施坦碧尔不顾危险和曼氏夫妇交往，
成为诗人流放期间的莫大安慰。写出该诗后，曼德尔施塔姆曾对
她说"这是我写过的最好的东西"，"我死后，把它寄给普希金
故居纪念馆作为遗言吧"。该诗原诗无题，全诗分两节，每节各
十一行。瓦伦汀的翻译（和安妮·弗里德曼合作）采用了更为自
由的形式。
2　娜塔雅·施坦碧尔的左腿有点瘸。

在她的行走中那闪光的谜语
想要拽回她：

谜语，春天的空气
我们的原始母亲：
坟墓母亲。
这一切将永远重新开始。

* * *

这些女人，
潮湿大地的血和肉：
她们走出的每一步，都
伴有哭声，一面深鼓。

是她们的呼唤
在陪伴那些死者；
并在那里，最先
迎接复活的人。

要求她们的温柔
会是对她们的冒犯；
但要摆脱她们，离开她们——
没有人有这种力气。

今天是天使；明天

墓地蠕虫；

再过一天只是

粉笔画出的轮廓。

你曾迈出的一步

不能再从那里迈出。

花朵永恒。天空圆满。

一切都只是一个诺言。

12 月 21 日

我会如何想你们
"上帝与我们同在"
一个名字：一个词

树木路径星辰大地
我会如何想他们

而我所爱的死者　所有不在的朋友
在这里与我同在

和桌子、手、白色咖啡缸一起：
一幅北方的静物：

而你
无形的你

安静

而婴儿的红褐色嘴巴　一颗星
在一个女孩乳头的星座上……

避难所

人们互相祈祷。我对有些人说"你"的方式，
恭敬地，亲密地，绝望地。有人对我说
"你"的方式，充满希望，期待，强烈……
——胡布·奥斯特休斯

你　我不认识的你　我不知道怎样和你说话

——你在那里怎么样？

这里……嗯，想要独处；和谈话；友情——
独处的用途。去想象；去听。
去学习盲文。去想象其他的孤独。
但他们不会是我的；
等待，在安静中；不去分散声音——

那你有什么好怕的呢？

会发生什么。所有一切离去。相遇，是的。但是死亡。
在你死时会发生什么？

"……不去分散声音，"

淹没。不收拾房子，留在我自己的词语里。安静在
另一个喉咙、另一只眼睛里；倾听那里的动静。怎样的
词语。怎样的沉默。允许。不确定：漂移，在
不安中……安静。像水一样奔跑——

现在那里又怎么样了？

聆听：街道上的拥挤；房间。每个人都侧着身子
对抗拥挤；屏住呼吸：对抗恐惧。

你恐惧什么？

你死时会发生什么？
你现在在这个房间里害怕什么？

不去听。现在。不去看。在我自己的皮肤内安全。
去死，不听什么。不问什么……去分散生命。

是的，我知道：你一直寻找的那条线，再次，
跟着它返回生命；我知道。不可能，有时。

轮转（2）：多年以后

一月。在窗口
年轻桦树湿黑的枝条和树干
伸出，相互交错：
一幅道路图，一幅河流图……

千百滴冰冻的雨
凝住白昼的灰光合闭：
银色众星闪烁

我想到你
望出你的城市窗户 —— 每个人都离开了
——一个瘦瘦的、眼中透光的、观看的孩子，
如此安静地站着

——一个高大的男人，不安，忠诚，那总是明亮的眼睛
不在这里；总是在这里……

我想我们的生活
不同　相同

那些岁月，一半都吹走了，

我们曾有的，我们拥有。

现在我可以转回，
——现在，没有索求，或伤害——
回到房间，说出你的名字：
说：另一个　说，你……

陌生人来信

你说道，你知道我的意思：一个冬天，你观望并看见
黑褐色悬铃木枝条里一条河的分支，银色
道路的经脉升起并结束在你窗前结冰的细枝上；
一个糟糕的时代。然后春天来了而你说
你学会了再次爱上林肯；第一片叶子绽开了
而你看到林肯那张慈祥而严肃的脸，被引向那里
在叶子中，在光线里。
我怎么可以回复你的来信？言辞来自你的生命
带我回家回到我的生命。如此安全
现在，我可以再次离开它，现在
是温暖的稻草。乳白色的安静。

"精确的档案"

橘子皮，烧毁的信件，车灯照在草地上，一切都会去
某个地方——我们所做的一切——什么都不曾消失。
但是有变化。照片中的太阳咆哮。
移动的海岸线。冰纹。我们皮肤的细胞；我们的相遇，
我们的孤独。我们的眼睛。

一只蜜蜂飞撞在这里的窗边；飞出，释放：一种生命
没有伤害，没有羞耻。 那个女人，我的朋友，
围着她的生活转圈，婚姻生活；那个男人，我的朋友，
孤独，无政府主义，离家出走；他们开车，给彼此——

我知道，这艰难的、半丢失的、明知的意志；这寒冷的
最初的孤独再一次，在公共福利之外，不动；

但是去说我知道——这里有什么触动吗？

　　梦中的字眼："精确的档案"。计算者，1.注册商
　　或公证人，保存法庭行为的记录……

到那里；聆听；不介入。另一种孤独……

我观看她的脸。意志的线条，善良，饥饿。沉默。她在厨房里从一件事转向另一件，从窗户里望向其他公寓的窗户……一个女人来回移动，穿过院子，做晚饭。她做晚饭是为了多少人？现在她给植物浇水。她在想什么。她的头，她的手臂，看起来平静……

"发生的一切，就那么定了。这是真的吗？如果是这样，那又如何？"

是的。你的故事；你所有的希望；你做的什么，破裂。变化。"如果是这样，那又如何？"什么都不会消失。而你来做最后的；

她打开的笔记本上那一页的文字，我好冷。我的头受伤。

来这里吧，在我家里，待一会儿。——总有一天我们会说话，我做了这件事；我做过另一件事；我就是那个女人。

总有一天，我们将能够接受它，把那种暴力握在我们的双手里……而那些后来的人，也许可以理解我们；原谅我们；正如我们原谅我们的父母，我们的祖父母，他们的生活移向遥远……他们的沉默……
曾和我们一起的人　　也许我们的友谊会改变，
可以修补……

来这里住吧。事情会改变的……

她待在家里；

不介入等待，这里，在安静中

来自一个故事

我记得……（我的祖父说）如果你让你的血液奔跑，
你会让自己变得更好。如果你身体中的灵魂想去，
他们会留下血液。

——一个爱斯基摩女人致罗伯特·科尔斯

母亲　你安静的脸
已经八岁了　一张幸存者的脸：

你说　那里没有母亲或父亲，
你说，害怕，太冷
这里，你说，我还活着，我会
把自己握在自己手中。

那张照片上的白色沙滩，白色
湖面，白色天空，一页纸……你的故事
我从这耗尽的轮廓中知道了……

但仍然是你的手
把我搂向你，在这里，
你的声音读给我，仍然，

——你的声音忘了它自己

在其他人的话语中——

你从没有想过你知道的事情。

而我已开始，这么晚，相信我爱的东西！

希望

去收集它的余存。

或者让它去：

我砍我的胳膊，流血；

一个漫长的黎明

在这里打开：

在我自己的手中

在安静中倾听

——我将记忆中的这一页

寄给你：

来自一个故事的几句，关于两个

住在遥远城镇的朋友：

"——如果我现在能和你谈谈，

我相信我们可以这么简单，

如果你能跟我说话，

那么我们可以会一直如此。"

V 家。深邃。蓝色

(*Home.Deep.Blue*，1989)

威利，家

在记忆中

昨晚，就在睡觉前，一枝：

明丽的黄水仙

躺在床上，床单拉到她的下颌。

威利，我从前认识你吗？闪亮

在灯光里！你的智力眼镜

圆而幽默。

我曾经认识我自己吗？当我

开始瞎扯，我看到你的眉毛挑起……这本书

献给我不认识的

威利，

给我认识的威利。今天早上

我脑海里浮现的话

（这些话来自天使）：

"说再见为时已晚了。

永远不够的再见。"

我知道：黄水仙

就是我。勇气。威利是虹彩。勇气。

勇气。高大。家。深邃。蓝色。

致拉斐尔 [1]，幸福相遇的天使

梨树的嫩芽像盐一样闪亮；

新犁出的大地拉直，绷住

五种颜色的棕褐色向着严格的阳光——

像一个老妇人张开的手，休息。

这所房子的年轻人醒来了，

一个接一个，他们出发……

渐远处，他们的声音仍然保持着

穿过雾和绳索的拉力

——这些树枝在雨中摩擦——

渐远处，饱满的帆盐的颗粒

抛入了风中……

梨树刻印着它的嫩芽

穿过我的后背，我的手，

光的明亮水滴，在风中。光，

撑破这个外壳，这个

---

1 指意大利著名画家、文艺复兴后期艺术巨匠拉斐尔（Raffaello
Sanzio da Urbino，1483—1520）。

"再见"的面具……

我怎么哭了？好像
某只礼貌的手
触到我的眼睛，而我看到了，

稀疏的六十年代的后院
在西雅图，那棵繁茂的大树
伸出它的树枝，金色发白的翅膀
守护我们的等待，
我们的希望，依然太亮了难以把握。

原始绘画：解放日

每个人都穿着工作服，旧衣服，靴子；而旧制服，漆成绿色和棕色，像树木。新政府请每个人在老城中心集合，并发给每个人佩戴的小小缎带和硬挺花束。

两名穿西装礼服的男子把酒倒入杯子，在长长栈桥的桌子上；少数几个男人和女人已经开始喝酒。

在画的底角是一排鲜绿色的叶子，像签名一样。一个高个子男人，在前景的位置上，直视着画家的眼睛；他的双手交叉放在他的生殖器上。画面上没有儿童或动物；没有人发出声音，或显露出他们的另一面。

这是一片沙漠，他们称之为和平，这是解放日。新政府再次沉醉了，而画家的恐惧却是他画中的白色。

醒来，这个夏天

我看你了一眼，一年前，在朋友的
空房间的门口，
你的眼睛，你的斜背身体的重量，

来回徘徊。那一夜，你的手
突入你的睡眠，你说
"每个人都是朋友"……

夏末的早晨
我睡在你的身边，在阳光中，
睡梦中所有对你的愿望都那么肯定。

我们移入的一年的睡眠之海，
没有空气；无人
是朋友。

　　　　　醒来，这个夏天，首先
我胸部的伤痛和那一起完成，而
最浅的呼吸就是生命。

曼德尔施塔姆

> 1934—1935 年，在莫斯科的被捕和入
> 狱之后，是他的流亡，带着他的妻子娜
> 杰日达·雅科夫列夫娜，前往沃罗涅日。

我母亲的房子
俄国

狼的青铜乳房镇定，
围绕着她的光镇定
皮毛，星光随霜寒褪尽

我四十三岁
莫斯科我们不能居住

俄国
铁靴子
它那一点点
向内弯曲的伸展度

俄国　根的
老地窖　大地下一张
苍老的血嘴
把我们拽向她自己

无处可躺下

　　你可怜的手爪
　　一遍又一遍
　　摁下我的头
　　回到你乳房的
　　小小营火下

沃罗涅日我们不会安身
　　甚至连我的手也不能
　　握住你的，没有用。

酗酒者的妻子回信

你从不听我，你在信上说。
但我是那个一直倾听的人
理解，可靠，倾听
在你的思想的门口……我很稳定
我们的床是橡木做的……

那个好医生的名字，你在信上说。
我在他绿色的候诊室里等候；
我的手大，苍白，懒散。中性，意图，
他的秘书叫我"亲爱的"，
就像是我自己的一个孩子。

他人很好。我坚持不了一小时。
他身后的窗玻璃凝视着我，
他眼睛上的镜片。他问，是什么把我带到这儿？
但我觉得——不是赤身裸体——
却是不存在，由空气制成

因为我怎能告诉任何人
这种事情如何，房子如何点亮
在杜松子酒的亮光中出去

你称之为"战争"——我对你做了这件事——
我没有这样做……

寄自南卡罗来纳州的生日贺信

给莎拉，21 岁

黄苹果

苹果里的星星

种子之星　安静

走在这条安静的红土路上，

我想着远方的你，靠近港口的

白色边缘；披着黄色头巾，

在吹拂的阳光下，你行走

沿着凝固世界的混凝土。

你拥抱这一切，蓝色白昼，黑夜，

长长的阅读，长谈，——你把握住

你的生命，有点不稳，但

在你的手中。

你的印度桌布，鹅颈台灯……

芭蕉[1]度过了他人生的头三十年

作为一个学徒；独自生活在小茅屋里四年

1　指日本俳句大师松尾芭蕉（1644—1694）。

在东京的郊区；
而过去的十年
他行走。走到了这里

今天我看到了他，芭蕉，在田野的尽头
而你就在他身边；你的步履，
他的长长的黑和白的步履激起
红色云母粉尘，飘过新的日光，和热度。

辅导老师退休，然后他死了

接受彼此的笑话，

彼此的缺席；我的第一个智者

亲密的练习；现在是英雄

耸了耸肩，穿上伦敦雨衣走了，

走下闪亮的街道：这是死亡，博士。

不会再有了

你在你淡绿色办公室里，你的亮绿色裤子，

你慵懒而关爱的微笑，你

摇晃着你的感冒了的狗，

就像你摇晃我的方式，如果我是一只狗，

或一个婴儿，上帝摇晃我们的方式……

只是我们感受不到……

乳木果，

守护我，保留我，

就像我保留你一样；

让我走，我也

让你走：一个带白色气球魔法标记的乳木果

飘浮进白色的天空。

朱莉安娜

我们的生活不一样了，
我们失去了联系……

桌子很结实，
它的长桌布闪亮。
夫妻住在一座房子里，永远
这没有什么稀奇的，一个简单的事实。
长大的孩子们聚集，他们带来
白色郁金香，金钟花。

所有的客人敬酒。性爱敲击我们熟睡的耳朵
就像另一个房间里的水……

这对夫妇向后靠，多彩的画布。我的饥饿游戏
在他们面前，空荡，——打瞌睡，做真正的
白日梦。
我试着醒来，试着去说，

好吧，我们都是人，
——一张偏僻的脸微笑
身体前倾，灰暗而温和……

后来的朱莉安娜

我遇见了你，一分钟，在楼梯上

你停下来，握住我的手臂，

泪水顺着你的脸流下来……

刚刚醒来

她不记得是这一年的什么时候，

不记得她是否有一个朋友

在此世上，哦谢天谢地，夏天，她记起了昨晚

她丈夫的朋友，一个教授，

他说，等待是我们所做的，这一生，我们等待。

访 问

这座男子气的温暖房子；我们的老，
二十年的老拥抱；
你灰色的眼睛，我信任。
但是我们清楚，
完美的句子，
像金钱。还说什么。

笑话，书籍，我们的朋友……
为什么你
总是显得老成一点？为什么我
一个木头女孩，不是
我们遇到时的朋友？

　　另一个，坚硬，闷哑，
　　善良，总是在自言自语，
　　奇怪的一个，没有住房
　　——在我们第一次打架之后
　　我们不必再战斗了，
　　或者走开。

坚固的完美的波浪

闯入并撤退。

就好像你在我身后大喊，
"你看不到我的死，你什么都看不到吗？"

雪景，在一个玻璃地球里

——纪念伊丽莎白·毕肖普[1]

一拇指大小的风景：雪，落在中国的

一个山丘上。我在手中转过这个玻璃球，

观看雪

吹拂在那个中国妇女四周，

她的劳作沉静

拖着笨重的轭具

上山，朝向远处的房子。

透过厚实的玻璃球望出去

她也会看到我手掌上的纹路，

非尘世的冬日树木，伫立不动，在雪中……

没有更多的长辈了。

波士顿的雪发灰，变得柔软

在你曾在的街道上……

比你更老的树木，还活着。

雪停下了，天空变亮。

苍白，淡蓝色的距离……

那里是不是有一个东方？一个西方？一条河？

1　伊丽莎白·毕肖普（Elizabeth Bishop，1911—1979），美国
著名女诗人。

那里，我们可否正确地生活？

我透过玻璃往回看。你，
在中国了，我可以同你谈话。
雪落下来了。但是很冷
那里，你就在那里。

而你携带着什么？
为了什么？穿过如此艰难的风
和光。
                              ——而你朝外望着我，
你说："只有这一点每个人一样；你的呼吸，
你的话语，会和我的一起移动，
越过这玻璃的下方；我们这些人
出生并活在这活着的地球上。"

关于爱

1

不　当你走向她
（哦当她这样告诉我）那么我转向
她　她　她：空虚：

黑色的空洞独自跌落
在白色的奔流的水下

2

"轻盈如孩童杯中的牛奶，
我会抱起你，在我的唇边
我来喂你。"柔软的黑鹈鹕说
关于爱，母亲，鹈鹕上帝，
母亲，我们所有柔情的花梗。

3

乳白色的
银色路径的丝带
水面上的光，如何

你跟着你自己穿过我的嘴，
穿过我的头发；

水珠，
明亮高大的光之项链，你如何
在你和我之间穿线，经过
我的嘴唇，他们的丝绸
花梗。

印第安夏天的小歌

我是
是我的名字和你的名字，我是
我们在寻找的名字，
我是
那找到我们的名字，是
（仍站在深草丛中，在烈日下）
我一直想找到的那个，是
我一直想找到的那个，
不是母亲，不是孩子，哦你
我需要的
高高兴兴的那个
我是我
甚至带着你的绿色眼睛
带着迎接，带着舍弃。

国 王

你把自己的金卡拿出来
在绿色的十字路口，你
把你的名字拉近你身边。
但是你在说谁的话？谁的
钱这是？你温暖的
压在我嘴上的嘴让我震惊，你的手
在我的乳房上是如此明亮，我
不得不闭上眼睛……

但是我不会接受你提供的卡，
虽然它的硬币很昂贵，
它的硬币很狂野，
——它的硬币是"我的是我的"，
它的硬币是"然后我会爱你"，
它的硬币就是死亡
给口渴的孩子
还没听见就淹死在深海里……

高中男友

你那时愿意喜欢我，我也做了些什么，
并鼓动它，
而你的喜欢会救我，
我的喜欢也会救你，

那就是我绕着行走的圈套，
推动轮子移动的杠杆
潜入黑暗中，屏住我的呼吸，
赤身穿着你长长的硬军装，
我恨我的脚，恨我的路……

今天我的舌头是鱼的舌头，
亲吻我朋友薄薄的胸骨，他的栗树朝下；
一半充满泪水，一半充满光明，
哪里都不靠近我的老家：哪里都无人
如此犯错。

"今晚我可以写出……"

在巴勃罗·聂鲁达之后 [1]

今晚我可以写出最明亮的诗句。

写，比如，"傍晚温暖
白色的雾拥住我们的房子合拢。"

小小的晚风在田野草丛中漫步
并从她自己的胸膛里哼吟。

今晚我可以写出最明亮的诗句。
我爱他，并且我想他也爱我。

他第一次来找我也是在这样一个晚上
把我拥在他的怀里。

然后他一次又一次地吻我，
在母性的弯屈的星空下。

他爱我，我想我也爱他。
怎能不爱他那平静的眼眸，湛蓝如大地。

1　参见巴勃罗·聂鲁达早期爱情诗集《二十首情诗和一首绝望的歌》中的名诗《今晚我可以写出最悲哀的诗句》。

今晚我可以写出最明亮的诗句。

总以为不认识他，现在我开始认识他了。

灯光温暖：很快他棕色的手臂也会变暖。

"而诗句落入灵魂，就像露水落入牧场……"

相信我

昨晚我写的是谁？斜靠在
这个黄色垫子上，这里，在里面，
铺出蓝鸡辙道：两排
蓝色爪印，追踪在
黄土地上，
孩子的颜色。

我是谁？
谁想要这么多来移动
犹如鱼儿穿过水，
穿过生命……
　　　　　　　　鱼儿喜欢
待在水下。

鱼移动通过鱼！你是
谁？

相信我说的，还有另一条路要走，
我们将经过积雪下结冰的河流；

我的闪耀，你的闪耀的生命在拉近，越来越近，
上帝充满我们就像女人充满一个水罐。

VI 狼 河

(*The River at Wolf*, 1992)

"X"

我装饰了这面旗帜来纪念我的哥哥。我们的父
母不想他的名字被公布。

——来自"艾滋病纪念拼布"[1]中
一个无名儿童的横幅

船塘，破裂了，回望天空。

我记得我看你，X，就是这样，

看进你的红发，你眼睛里的光，我如此

想念你。我知道，

你就是你，真实的，站在那里的门口，

无论是死还是活着，真实。——然后 Y

说道："我死后三年有谁还记得我？

对我的眼睛那里是什么

还要去读吗？"

小羔羊不应该给出

他的羊毛。

1　艾滋病纪念拼布（AIDS Memorial Quilt）：1987 年 6 月 27 日，一群亲友在旧金山一栋建筑物的阳台上挂起了一幅由 40 块布组成的拼布，纪念 40 个被艾滋病夺去的生命。他们的行为唤起了成千上万的人，艾滋病纪念拼布后来衲入了约 5 万块布，上面有近 10 万人的名字。

他那么小。X，你最后也还是那么小。

玩着石头

在你的海洋边缘的床单上。

春天和它的花朵

那么，告诉我你的幻想，你说道。
我说：好吧；我躺在床上，睡着了，一个孩子，
而你，坐在那儿的摇篮上，编织，
像母熊一样。而你说：
我也可以成为躺在床上的人吗？
而你坐在椅子上编织？

那个二月你梦见你的老爸说，这一年的
春天和它的花朵
会花费你一万八千美元。
醒来后我们希望可以生活在一起
在一个绿和蓝的带围墙花园里永远……

我们不知道
我们曾如此接近于
世界的嘴，让喝醉的熊迷糊的东西

夏天不够漫长

斯坦利[1]，我的前男友[2]，画家，

从他的货车里走出来。

他的胡须不见了。大声地，小心地，

他开始画树木

画地面和电话线杆

画草的绿色。

真好笑，我哭喊着

在他身后：不是斯坦的颠倒性[3]，

是我自己的。我自己的朋友们，不见回信，

没有电话。哦，我们的爱

从那里转身，八月的一半过去。

八月的一半多已过去；

鸽子，是平静的时候了。

是再次品尝圆形山丘，白色和绿色

1　斯坦利，可能指英国现代画家斯坦利·斯宾塞（Stanley
Spence，1891—1959）；也可能指美国著名诗人斯坦利·库尼茨
（Stanley Kunitz，1905—2006），瓦伦汀曾受到他的诗歌的影响；
也可能是指一个虚构的"斯坦利"。

2　我的前男友，原文为"my ex"。这里的"前男友"可能出自
一种想象和说法，不一定指实情。

3　不是斯坦的颠倒性，原文为"not Stan's upsidedown-ness"。

和友情的黄昏玫瑰的时候了，

是第一次换下我们衣服的时候了，

而防区围绕着我们的眼睛，触摸我们的第一个手指，

你和我，就像上帝一样，穿过了一切。

静物，致马蒂斯 [1]

光

老叶的毛刺

鱼的脊椎

海洋的光

下面的绿

大金鱼我的

再生的小父亲

只是个男孩

贴着窗户呼吸

出来吧

你携带着我我携带着你

光一浪接一浪

游泳的鹦鹉

蓝，绿

---

1 指亨利·马蒂斯，见《轮转》一诗注。

你想成为的人就是这个你

她说，你不必做任何事情，
你甚至不必成为，只是这个你，
你本来什么也不是
没有一种罪过或一种好品质，
没有一本书，没有一个字，
甚至没有一把梳子，你！
你想成为的人
就是这个你。来玩吧……

而他说，
看看我！
我不知道该如何……

他们的呼吸就像一棵树的呼吸。他们的沉默
就像一只鹿的沉默。托尔斯泰
写过这一点：一切都是误解。

铁 木

十一月十七号

亲爱的米歇尔,

我在邮箱中收到了《铁木》的最后一期;我把它放在桌子上,躺下睡觉,梦见我在跟你说话。你说:"你当然比我妈妈小很多,但是你看起来像她。"你说,"我会杀死我自己。"而我说:"你妈妈对此会怎样感觉?"你说:"她没有感情,非常实际;她说,用这种方法只有五十分之一的机会来摆脱它,这些天他们在用钱复活人们方面很有效。""什么方法,米歇尔?"你说:"煮肉汤的方法。"然后你说,"你是否想象过,当你还很年轻的时候,过30年或40年你将成为我的母亲,并进行这次对话?"我说:"是的,30年了,不,40年了。现在我不想成为你妈妈的鞋子。"

醒来,我想:噢不,这是另一个米歇尔。

芽

圣诞夜，我父亲说："吉恩，
你太不虔敬了。"但是幼芽说
"不。超脱。超脱，但还是我的朋友。
而我，我的祷告得到了回答：
我死去而我的生命围绕着我。"

给一个年轻诗人

在这个零下十度的一月的夜里我祝愿你
欲望真实，如一朵玫瑰：挺立
在你的胸膛里。叶脉凸起。绽开。

让你去成为。反射在火车的窗子上，
进入千百个公共黑暗的圈子内里，
欲望，一颗圆形红星。

再次渴望，一支生叶的魔杖，
而你是杰克魔杖。

又圆又红的睡眠玫瑰盛开。这是
真正的欲望，它让你成为。
它说："这里没有报酬。"

它尝起来像什么？
真正的欲望。眼的
影子，肉桂。

觅 食

1. 房间

为什么你总是会在我的位置找到我？
你的寻找，你的笼子：
哦，你对乳房的敌意，阴影的眼睑……
却喜欢屏住呼吸，握住爱。

爱，你说，
进来。爱，让我进来。
其他人都睡着了。
看着我，你说。

照亮的房间。
夏娃显形了。

一个吻：我的恐惧和
我的爱，

还没有到场，
但是为了这里。

2. 照亮的房间

感觉起来像什么：

首先是吻。

看着我，他说。

然后是地板，

地板。他慢慢进行，他会

拉拽和拉拽直到我的叶子饥渴。

或者向后跑，他会鼓动风筝的花边

从我身上落下，以至炽热的慢风

几乎会碰到我……不……那么上帝，

第一个房间：天空，和树木，

而水：蓝蓝地绽开绽开。

一种可怕的稀缺感

然后是地板

然后是这照亮的房间。

赎 回

南恩，在罗马、纽约的诗人，昨天写道
她在睡梦中梦到了"合流"这个词。

垂在你手臂上的黑发，
磨损的折痕穿过你擦亮的鞋子。

"合流"：两条河流汇合，
或者，渴望回归：

因为吉姆，我们分手了
在这个绿岛的两侧，
好像那是在一百年前。

而现在没有了内墙：
我们全身陷落，从头到脚，
只有一条线像光，
那所有围绕我们的，那条线
像是光的蛋壳。

期待见到你

1. 母亲

我出生在泥岸下
而你把你的船给了我。

长久以来
我在你手里安家：

你的手是空的，它由四颗星
造成，像一个风筝；

你曾害怕，害怕，害怕，害怕，
我从你的指缝里舔它

并且想死。
从河里冒出火花：

我能看到你，你的恐惧和爱。
我能看见你，光辉增大。

而那是原初的花园：
期待见到你。

2. 情人

你的手是空的，它由四颗星
造成，像一个风筝；

祝福我站着，我的手指
在你蓝色的指缝里，我眼里的光

在你眼中的光里，
我们把彼此喝入。

我潜入我的心湖我害怕和爱：
先是害怕后是爱：

我能看见你，
光辉，起自底部。信任你

寂静，那里面最后的暗红。
经过大地中心，它又亮了。

你的树。沉甸甸的绿色摇曳。光明的男性城。
哦，那是慷慨的花园，期待见到你。

第一站

仁慈的第一银器，
我的手，你的手和你的眼，然后是水车灯的
黄金游戏穿过孩子的白色床罩
我们睡在下面和上面，那个二月……

冬眠窝里粗野的核桃味。
睡觉时我在想

如果有一个洞穿过你
另一个洞穿过我
他们会用同样的
钉子或针线
把我们俩穿在一起
经过第一站
而我们会靠在那里
倾听，倾听……

夜 湖

他一定只有一两岁，我五岁，
我弟弟约翰尼的鸡鸡
像浴缸里的肥皂沫玫瑰一样漂浮；
它有船的微弱、岩石的轻薄
你随身把它带着当你再次上岸，
在这一天的结尾……

哦，这一切还从来没有写下来！
在纸上，在我的皮肤上。哦，海军蓝湖
我想喝你
至底部。而你，
巴里 [1]，我能给你喝点什么？
不是我们自己的烧瓶，我们已经有了。

是孤独的酒
在流浪大篷车小桌的煤油灯下……

---

1 巴里·库克（Barrie Cooke），英国出生的爱尔兰画家，瓦伦汀与他在大学时认识，1991 年结婚，并与他一起住在爱尔兰。他们于 1996 年离婚。

坏土地说

我是头骨
处在你的重重疑惑下。我，我
会一直和你一起。
心脏剥夺了。
但还是有灵性和活着的。
大象家族。

来吧躺下，
牙齿和骨头。

嗨，嗨
从一英里之高
我的兔臂肘弯
会让你温暖。

我是爱的忧伤，
沙漠的紫罗兰针和灰星。

密苏里河说

给乔纳森·邓恩，1954—1988

狼湾，蒙大拿州

乔纳森，

我是珍珠

所有世界之网节点上的珍珠

你头顶花冠上的宝石

绿松石

象牙胚胎

我逗留的螺旋

播种和收获

捆扎和迈步

播种面包

收获面包

无力的我起誓

火与骨与肉

所有我给予的我都会捆好。

狼 河

来到东方我们留下了一些动物
鹈鹕海狸鱼鹰麝鼠和蛇
他们的头发、皮肤和羽毛
他们的眼睛在黑暗中：暗红和绿色。
你的手指描画着我的嘴。

祝福那些记得的人
他们有了他们曾渴望的东西。

一年前的一天，去年夏天
有些东西充满了我，就像金子，在里面，
比骨髓更深的里面。

就这样亲近上帝亲近你：
走进狼河和这些动物
一起。蛇的绿皮肤，
从内部照亮。我们的第二人生。

戒 指

戒指

比手指还要小三倍，

连一根细绳都无法穿过！

所以我问她，

女士，你为什么要卖给我或给我这枚戒指？

像修女一样，她严厉地挥舞着白色头巾，

黑眼睛，眼睛下面的黑，她说，

有些东西就是要被带走。

你必须明白：一切

必须转向不是爱的爱。

母亲，

就要进入死亡

你能够做到吗：爱那些

就在那里的要被带走的事物。

巴里[1]的梦，野鹅

"我梦见了伊丽莎白·毕肖普

和罗伯特·洛威尔——一本毕肖普诗作的

企鹅版旧书——一个厚瓷杯

和一个厚瓷糖碗，方形，

奶油色，学校用的东西。

而洛威尔就在那里，

他对我们谈着，谈着，

他说，'她是最好的——'

然后鹅就飞过来了，

他不再说话。大家都不说话了，

因为鹅。"

　　　　哦他们的翅膀的声音！

划，使劲划，木桨对木桨：一个

持续的想法，不，一种力气活，

如何接受你的爱人的爱？谁可以单独来做？

在我们灿烂的酣睡下，他们彻夜忍受着。

---

1 见《夜湖》一诗注。

狐狸冰川

游览者：蓝色犁骨

　　　　高眼窝

　　　　煤烟岩石软骨

　　　　和我一起

　　　　和我一起

　　　　和我一起

　　　　永远不要不和我们一起

　　　　狐狸

冰川：　我的温柔的来了：坠落

　　　　我和你一起我的

　　　　金锅

　　　　我的筛选又筛选过的额头

　　　　最想要的：珍爱：

　　　　想要的需要的热爱的：大流散。

在蒂卡波河边，100度 [1]

水
又热又绿的塑料桶
洞孔
地墙里的兔子
骨头
兔子，臀部，肩膀
叶子在一片尘埃的叶子下

在我冲洗的路上，
苍蝇沉重的嗡嗡声像蜜蜂一样：
这里有一具尸体。兔子。鳗鱼
活到九十岁……鳗鱼会吃掉你的手。

我嗅到了过去：你和我一起游泳的地方，
不像你现在有齿，而是像你曾是的那样，
安全地穿着你的第一件柔软的衬衫。

---

1 这里的"100度"为华氏100度。

恐惧（1）

在圣弗兰河边
三十辆车，三十个年轻人
朝下看着水。
他们在看什么？现在是警车。
会发生什么？现在是救护车。
有人来过这里，又消失了。

恐惧（2）

他过来打我，

沿着脊椎，

从上打到下，

这空手道之手。

我说，伤到我了！而她，

她的脸一个在地狱中的

人脸，被迫的不愉快行为：

"它伤到了每一个人。"

在这个蛋里

我妈妈小的时候
在她父亲的性爱之手下
嚓嚓作响声像电动火车一样。
家用剪刀剪着她的头发。

剪刀剪纸
纸包石头
石头砸碎剪刀

棍棒和飘动的纸条
墓碑　河石
剪刀　大屠杀。

我的母亲和她的父亲，在这个蓝蛋里。
这个蛋，我们的幼年，很早就消失了：
谁会再牵念他们？
谁会为他们盖上一个好屋顶？

低处的声音

我看到从人行道上涌出无家可归的女人和男人
百老汇东边的水果摊和鲜花和波旁威士忌
无家可归的男人喜欢钝刀灰唇无家可归的女人
连接无人从无人涌向无人
更像光而不是像人，蓝色霓虹，
蓝色是所有颜色中最易消亡的

然后我看并看到我们的身体
不靠近也不远离，
躺在一起，我们的白色

低处的声音说，你是我的小星星，
你一直是我的；我记得出生台上的那一刻
当你出生时，我双脚踩着宽敞的银蓝色马镫骑行
我来了来了又来了，小宝贝和女人，你在哪里
带上我？
别人都可以离开你，我永远不会，逃亡者。

来了阿赫玛托娃

一个无家可归的白发刺目的女人
站在我的中国红门外
挡住了我的
跨进我家里的路：
她说我曾住在这儿。
这曾是我的地方。我要我的那些画。

我有它们，画框的玻璃破裂了，
如果她进来
她会成为我的愤怒圣像，
把我扔开如同
我把她的那些扔开，她那
灰色不移的谴责目光。来了阿赫玛托娃
从被围困的列宁格勒：
"你能写这些吗？""我能。"[1]

---

1 该诗最后一句出自阿赫玛托娃《安魂曲》前记。

回忆詹姆斯·赖特 [1]

他回头看我
从他的死，从女性的一边，他请我
摸摸他，他的喉结，他的胸骨，
摸摸那里面还活着的东西。他的声音
比我自己的更靠近我。
不可知，欢悦的开始，他的声音
比我的更靠近我自己。

1　詹姆斯·赖特（James Wright，1927—1980），美国著名诗人，
因舌癌逝世。

心愿妈妈

我从来没有感到

离你如此之近，心愿妈妈。翅膀，哦

我的黑色的亲爱的。几乎自由。

从来没有感到与任何人如此亲近。毛毡，

把你藏在我翅膀的庇护下。

一路回到纽约家里，我的心很痛。

我是否要把旧玻璃从镜框中取出？我们？

我爱玻璃是因为水，

爱水是因为血，

流血是因为你的心，

把我的耳朵紧贴在出生门上，

一次又一次，我亲爱的，我的亲人。我的好人。

一路回到纽约家里，我的心很痛。

（你在今年死了第二次。）

在卡伦的岛上

纪念艾米尔·卡伦

1983—1990

艾米尔死了：

每一块岩石是一个绿色子宫，从里面燃亮。

树木像硕大柔软的女人

它们长满苔藓的蹄脚

触地燃烧：

艾米尔死了：

每一块岩石是一个绿色子宫，从里面燃亮。

美国河流天空酒精父亲

什么是色情作品？什么是梦？

美国河流天空酒精父亲，

四十年之前，四次人世之前，

像波旁威士忌一样棕色，温暖，你对我说，

"对不起对不起对不起对不起。"

然后："你在杀死你的母亲。"

而她："你在杀死你的父亲。"

男人们想要什么？父亲们想要什么？

为什么他们不去找妈妈？

（妈妈们想要什么。）

美国河流天空酒精父亲，

你温暖的手。你的玻璃。你桌柜边的枪。

船坞，水，柔弱又坚韧的沙滩草。

你的手。我不游泳。我不飞。

我母亲死去的早晨

一个拇指指甲大小的血球：
一个胚胎：
我丢了，找不到了。
一个女人，助产士或同伴，
说，我要她杀死它吗？

我们的母亲想要她自己带上
离开我们。我的吻别。
她爱另一个国家
比这个更好。
爱另一类型的人。
死者的类型。

倾听倾听倾听：
（小声说：）
她丝绸般的精神正离开她的冠冕头顶。

第二个母亲

黑色秀发，
和白色的山，
和一棵雪松，"像一个士兵，"

你的摩托车成熟的热臭味，
它蹲坐着的闪烁……

然后，在河边，
哈！哈！我可以触摸
你明亮的白色圆圈，
你乳头的小红嘴，
比我妈妈的还红。

黑发，黑发！我四岁，你
十六岁，十七岁，半个女孩，半个母亲，
你像方糖一样凝固着安全，
但我如何能吮吸它呢？在这个世界上……

安详的海

安详的海：

我母亲的身体：灰烬：

土地的外观，水的外观。

壁炉旁的书：金色和银色锦带：

但是爱，哦爱，在门外了。

大地说，吃。

大地说，可耻。

母亲，

在我的手上和膝盖上

平对着树叶，

我大声地嚼着，像一匹马，

在你之后。

谁死了？

谁死了？

谁死了？

我母亲的身体，我的教授，我的树冠

谁死了？我母亲的身体，

我的教授，我的树冠，

我的大蛤蜊。

安详的水，丰饶

黏土的教授，

黏土上旋转的手指孔

和蓝色乳奶的教授，

最初的脉动，所有的思想：

什么也得不到。你不能吃钱，

亲爱的喉咙，亲爱的渴望，

亲爱的肚子，亲爱的脂肪，

亲爱的丝绸堡垒：肺的狂喜呼吸，

你不能保护你自己，

什么也得不到。

在我母亲的墓前

被告知，
走开。

那还留下什么呢？
路上的黑暗空间，一只鹿。
这么多礼物：
她浅褐色的眼睛……

她是哪一天走的？

沃尔特·惠特曼，
来访者，
艾米莉·狄金森，
光的独木舟，
巴勃罗·聂鲁达，
无线电飞行者，
让我飞入。

我们收拾母亲的遗物

当我们开始的那一天

为大地涂上雪

为面包涂上天空

然后我们知道是点燃最后一支蜡烛的时候了。

这枚戒指是您的。这盏灯。

死亡日光兰 [1]

——我觉得我已经把某个人埋葬在了我里面

她的什么部分

我不记得了

我自己的一部分我也不记得了

——嗯，你的意思是

有人瞎了并且富有黏性

在你入睡时躺在了你身边？

——对，是那样。再见，

下电梯去，

关于那些花的事情，

关于送花。我

送给我女儿？

我女儿送给我？

我的母亲送给我。绿色的花朵就要绽放。

1　日光兰（Asphodel），在希腊神话里，这是一种长在天堂、乐
园里的类似水仙花的花，而且四季都会开花，可保灵魂安宁。

第一位天使

又胖又滑溜的天使们，
一对对，
携带着麦秆
到墓地，
把它们一捆捆
斜放在墓碑上，
这些结霜石头上的麦秆。

上帝的手颤抖了当他
触摸到我的头，
我们是如此相爱：
新月把残月搂抱在怀里。

第一位天使说道，把这个写下来：
是离开你的前世的时候了，离开你的铅垂线，你的
　铲子，
你的居住地层，你的完美的小托盘。

在门口

看到我的女儿在灯盏的光圈里，
我在外面：

不是我
是妈妈
（但这是我。）

这是第一个画面，第一滴
我的红色泉水。

渴望的黑猩猩，
在灯光外面

你的长手臂
围着光的地球，
撑住你的长腰腿
野性敞开：成为
凡俗的我。

让出一切，什么也不强求

年年绕着同一个圆圈：
成为第一的呼唤，
以及潜在的要求：

今天早上，看！我已完成了，
这个了不起的红色东西，
带着绿色和黄色的环，还有星星。

竞争结束了：
我转身就走
我很漂亮：约伯最后的女儿，
肉桂、眼影、鸽子。

竞争结束了：
我让双手落下，
这里是你的花园：
肉桂。眼影。鸽子。

花

你，我，站稳在
我们里外所忍受的同情心的
火花中，大地
之花：湿红的绽放。

鳐 鱼

现在，在你去世一年后，鱼妈妈，鳐鱼，
游出地表之外：
你那非尘世的脸
什么也没说
我无法相遇的脸
那里面的内脸
不是从那以后大地变湿了
从水里出来，脸
在所有的光斑下，
我怎能拥有你？
永不离开你。求求你！
老师，我脊椎中的脊骨：
世界的拼写
我在鳐鱼前跪下。

纽约的守护天使

你站立在雪的门口：

时代广场，向晚时刻。

台阶被鸡血染黑：

你的黑靴子绽开：你的眼镜像"O"的：

你用手指触碰你的嘴唇，你说，

这里：智慧。智慧和力量。

给普拉斯，给塞克斯顿

所以诗歌有什么用
对一座白色的空房子？

狼，天鹅，野兔，
在火堆旁。

而当你的树
顶穿了你的房子，

那又有什么用
全是你的力量吗？

那即是你的用处。
开花。

能量表

你，横躺在宽大的床上，垂直，
我，水平线，

你，我，绿色田野两条绿色小径，
和 xxxx[1] 和 xxxx 一起开花

你，我，里面的内衬
带着史前的争吵

又老又黑的砍痕
留在厨房的木头桌子上

和哥哥们一起坐下的桌子
让事物得以安顿的桌子

奶牛的臀部砍削成为品牌
她的身体分为不同部位

是的我站在了门口
我的柔软度和硬度都充满了秘密的光，

1　原文如此。

但是我想要世界之光

和这个——世界旅伴。

VII 越来越黑，越来越亮

(Growing Darkness, Growing Light，1997)

雨

窗户上的水蛇与光

从皮肤里耸肩并跟随的蛇

以它们充满光的头推出一条路

——那沉重颤抖的水银前灯 ——

在草丛和岩石间留下清晰痕迹，

在地面上，在它们

半睡半活的地方筑窝：

你从哪里来，蛇？

是谁离开你的草地

无言地跟随我

进入我们的玻璃

水和灯塔，

泥土弄湿了你的嘴，

你，我地下世界的地面。

生病，离家出走

我的头

珍妮·林德的头，

彩绘高船的艏饰像：

饱满，凝视的眼睛，

美丽：

而在我背后代替她背后船首木头的，

是一只帝王蝶翅翼，

头部和翅翼

撑起，不是被她的木头脖颈

和木头胸部

而是被一根直立的、无声的拇指：

梦想的拇指

    ——我做梦

越过潮湿带电的纽约大街。

朋 友

朋友我每天早上都需要你的手
但是愤怒、美丽和希望
这些玫瑰成了一朵玫瑰。

朋友我每天晚上都需要一只手
但是愤怒、希望和美丽
是三朵玫瑰
它们本来要成为一朵玫瑰。

让我们固定好破裂的床
我想全年都待在这里。

让我们固定好我们破裂的床
我想一直都待在这里。

你听到那个女人在格拉夫顿街上说什么吗？

你今天不会被杀死。
我们甚至不知道我们已经出生。

乡 愁

列奥纳多的圈子里有男人，[1] 但是一个女人，
她的圈子漂流在湖的中央：
有什么穿过这条线，鲑鱼或老鹰。

划艇漂流
在这个北方之夜的午夜光线中，
绿色嘴唇反射嘴唇，
而我漂浮在其中，
盐，呼吸，光，
老鹰和鲑鱼和我……

---

1 指列奥纳多·达·芬奇的名作《维特鲁威人》，在这幅作品里，
达·芬奇在一个圆圈比例里画出一个男人的完美体型。

新生命

B 走来走去，带着他胸膛里的一个火箱。
如果你靠近他，它会灼伤你。B 说

不要让女人像燕子一样离开我们的生活
只留下乌鸦的液体皮革统治，领土，污点。

我爱 B。我爱我的生命。
我自己生命的味道对我来说很好。新生命。
我的皮肤。B 的火焰皮肤。

蜜 蜂

一个男人手臂上肩膀上
手上脸上耳朵上都覆满了蜜蜂
说，我从未感到如此的疼。
另一个男人走过来
带着满手的蜜蜂——
只有蜜蜂可以赶走其他的蜜蜂。
第一个男人再次说，
我从未感到如此的疼。
第二个男人的蜜蜂开始摘除
第一个的黄色蜜蜂的墓巢，一个接着一个。

约旦河

哦，泥巴妈妈在我死前舔我

在我只是一个

被解体的木箱

所否认的东西之前

然后 —— 在此生之后 ——

是愈合的伤疤，百合，不下坠的玫瑰？

怀俄明道路上空的

鹰？六英尺长的翅膀展开……

——不，也不是你的妈妈，这是我

在你的唇上吻你的那个，吻你的

鼻子，你的肚子（秘密地！），谁携带你，是我

你在现实中属于谁。

夜间门廊

回家，在出去一个月后
靠在我的夜间门廊

我接近了什么？空气中，
鼻子贴着玻璃：这件金色衣裙
玻璃贴着鼻子：甜蜜的内心世界
这已足够，足够，足够

而这里曾是我的丈夫
身边的食草生物，遥远的分享者

但不是他，也不是我，而是内心的天使
拉开玻璃门，领着我们领着我们……

世界之光

在世界上好好做吧。

如果你做得好
我们会把你扔开。

我们会把你安置在国家庇护所
就像我们对你祖父做的一样。

（他做得很好然后跌倒了。）
（"饮料。""但是无害。"）
但如果你跌倒

我们永远不会说你的名字。
他们会认为你死了。

你将成为其中消失的
一个。

（我们也是，虽然我们生活
在某条街上，有某种工作，

我们也曾是，我们

"从未在此"。）

雪家庭

雪家庭：高大的雪父亲
煤的眼，煤的牙齿，

小小的雪母亲，无嘴
更小更小的雪女儿们，

越过他们，一条红毛毯标语：
我喜欢我女性的柔和声音。

而谁是娃娃妻子，丈夫，母亲
父亲？国王王后？兄弟？从不

知道。雪
向那上面飘移
进入一坡碎石……

致沙特尔 [1] 的黑色圣母

朋友或没有朋友，

黑暗或光明，

元音或辅音，

水或干燥之地，

现在你那里还有什么

只是调味肉汁

——只是让我宽恕，送我下去

自己来承受一满杯黑色的光。

---

1 指沙特尔圣母大教堂，坐落在法国厄尔–卢瓦尔省省会沙特尔市的山丘上。

告诉我，什么是灵魂

那里有一个牢房小屋

地板，水泥，

在房屋中央

一个充满黑水的黑色水池。

它引向一条看不见的运河。

掠夺水池。掠夺运河。

靠着墙壁，

靠着火，

曼德尔施塔姆在背诵诗篇，

裹着黄色皮外套，

而犯人们在聆听，

他们给他面包，给他罐头，

他们给他献上……

乳房切除术

给莫拉

他们惯于为你做一个新乳房
——不，你做的：为谁，为谁——
带着一袋鸟食。

你的乳房怎么啦？
不好吃，
对爱情没有好处，
饥饿饥饿。

在森林中你生起
你自己一样大小的篝火，
让它窜出去，
并躺在其中。

我饥饿于我自己的心。心的
苛刻和甜蜜：扔出去
隐藏的床单，医院的手镯。

秘密房间，危险房屋

——秘密房间，危险房屋：
在那里我的肚腹
与我的骨架相结合：

秘密房间，危险房屋：
里面是肮脏的红：

——不，它很干净，红宝石色，
像这个戒指一样红
我给你我的爱。

红色代表血

我姐姐从房屋拐角走出
抱着两只血淋淋羔羊，新生的
或受伤的，我不知道，永恒，
他们在出血。

他们在出血。
一个小男孩
从烟囱上下来把我带上
一起往回攀登。被烟灰覆盖。

我不想上去，
但是我不能不去，
所有的动物
像清扫烟囱一样攀升，永恒，
你，我，像活鹅一样升上绳索，
清扫烟囱的鹅。

黄色代表金子

求我妈妈和他说话，

我恳求，为我沉默父亲的缘故。

我恳求，为我和我的女儿的缘故。

我的我的

我的宝贝还有我的所罗门。

我买了一只椰子船

从一个拉斯特法里教徒[1]那里：他说，

这只船的红色代表血，

黄色代表金子，绿色代表土地，

黑色代表人民。

夜之书，光的夜船。

而我的黄金从哪里来？

从所罗门？免费赠与，免费

带走。飞吧，父亲，飞吧，女儿。

1　拉斯特法里教（Rastafarianism），20 世纪 30 年代起自牙买加兴起的一个黑人基督教教派。拉斯特法里教的象征颜色为红、黑、绿、黄。红色象征教堂的胜利和拉斯特法里教的血泪史，黑色象征非洲（牙买加人的祖源），绿色象征美与植物，黄色则象征地上天国的富有。

绿色代表大地

因为什么 ——我与众
不同——

他们踩我的脚，
绑我的手，
把我扔进去
但我卡住了，我
被截留在一边，
他们看到了：
我活过。

页面上没有更多空白处
在我写作的绿书上，
有人回来了
想要我：我土地的
小偷，我童年的小偷。

黑色代表人民

和我在一起的男人是黑人，
我们从来只和白人一起。
他被抓住了，他说
他们会让他休克或烧死他。
我说我会在那儿。

但我不是他。
他不得不进入一台机器
由两个白人男子来处置。机器
大声锯他的后背，三英寸，
四英寸，进入他的后背。
然后他们让他走了。不是
要他活，也不想让他死。
他们的膝盖碾过海面
并制造恶意。什么是爱？爱有什么用。

家

呼吸进入，留下叶子，
狮子在繁茂的树枝上紧张，

十英尺的滴落
滴入一个水坑，上帝的味道

——这就是那点亮它的
自然与艺术：你的皮肤如羽毛般
一根根按比例植入我的皮肤

而通风的睡眠，就像酒一样……
两本柔软的旧儿童读物
带着五彩蜡笔仍在温暖着我们。

漫长的爱尔兰夏日

一辆卡车散落
在路上的干草
红如血。

被汤米·弗林的音乐击倒
一个年轻人在播种
融入晚上十点钟的日落

在路上播种泪盐
——不是为了化冰，我们已有了沙子。

日月照进我们的玻璃房间，
两个国家，两个城市，
两个玻璃房：
墙上挂着一把猎枪。

狗皮外套

纪念琳达·赫尔

琳达，那是第三次，最后一次我们谈话
我们谈到了曼德尔施塔姆的黄色皮外套
——你告诉我"那是狗皮做的"。

鬼钱，星星
账簿，我把他的黄色外套挂在这里
挂在你的棺材门上：

他们会用狗皮做外套，
但为什么要剥你的皮？
剥汽车的皮？
红色裂开了船，为什么是你？

你死后的三个晚上，我梦见我们从车上
被扔了出去。我说，"琳达，来吧，到这一边来。"
你笑了，就像对一个孩子笑，你说
"你只想喝汽油。"

琳达，那不是狗皮。
他曾告诉他的妻子他不会穿
由"人最好的朋友"的皮制成的外套。
鬼星，那里有狗吗？有朋友吗？

炼狱中的费里尼 [1]

他在铲沙
在河水边，他沉重的黑眼镜
随雨水闪光：

"你没看到我多么像个女人吗？"
铲，铲。

他的喉咙被河水缠住，
水开了花带着鱼的精液。

铲沙人，你在吃土吗？
土在吃你？

教教我
我必须拥有的
为生活在这个国家。

而他，还是那么镇定，虽然已经死去：
"哦，鱼的精液，——所有的我们都是精液。"

---

1 指意大利著名电影导演费德里科·费里尼（Federico Fellini，1920—1993）。

简·肯庸¹的挽歌

鸦群以黑色的 W 字形从田野上飞起
并碎裂，黑色仙后座碎裂
在你死去的那一刻。你的音乐碎裂
在美国诗人们中流血

而你消失了，
愤怒的狼，悲伤的燕子，
而你消失了，
神圣的船，神圣的水，
在这第一个小时里消失了
在第二个小时里消失了……

1　简·肯庸（Jane Kenyon，1947—1995），美国女诗人，丈
夫是著名诗人唐纳德·霍尔（Donald Holl，1928—2018）。肯
庸 1972 年大学毕业后与老师霍尔结婚，婚后移居新罕布什尔的
霍尔祖居农场。后来，肯庸成为该州的桂冠诗人。1995 年 4 月，
在与病魔抗争十五个月之后，死于白血病。

你不是这序列中的一个

这里
要死的
孩子
带上这个乳房
这个拨浪鼓和这件衣服
不要听你的朋友们
在那另一边……

死去的孩子：
你不是这序列中的一个。
不要回来，
脸颊上泛红，
不要把你的白色小船推向我们的码头。
留在那边，和你的天狗你的朋友们一起，
而我们：跌回到我们的意图。

酒 精

在高中礼堂里的
追悼仪式上
M 穿着她的雨衣：她
把我的手放在她的手上，
她说，好在我们还有朱莉。

不，永不，她灰色，透明，
脆弱，由
尘灰玻璃造就，

钻石金酒 [1]，
玻璃花卉……

---

1 即著名的杰彼斯金酒（Gilbey's Gin），选用 12 种天然植物成
分精心调配而成。

一些米

一些米在网兜里：

米粒撒了，

我们得把它们扫起来……

当你死去这里会留下什么？

不是米

不是茶

留下某个地方当僧人

打翻了碗

不是

不是

罗德尼 [1] 要死了

R 坐在草稿纸中

——我们交换的位置。

我看到有一个又大又圆的洞

从他的头顶

钻进他的肚腹，

一条血和骨头的隧道环绕。

他就是他自己，

不假装

但十分礼貌和甜蜜。他说，

你必须用纸包住你的脚

从现在起

为了这个新的旅程。

1　罗德尼（Rodney），原诗题中没有名字全称，在诗人的亲朋
和同时代诗人中也未能查到这个名字。诗人有多首挽歌献给他。

林奇神父从死者中回来

一年中有一天
他们可以回来，
如果他们想。
他说他不再会了。
我问那像什么——
他引用了圣保罗的话：
"现在希望是甜蜜的。"
然后是他自己的声音：
哦，这真是个很大的丑闻，
赤诚的人更容易被杀死。

倾 听

我一生都在游着听着
在日光世界边侧，像一只船边的小海豚

——不，被吞没了，年纪轻轻，像约拿，[1]
像约拿一样坐在红房间里
在那弯曲的微笑背后

但是保持住，不被吐出来，
保持住，为了爱，

不是为我做过或有过的任何事，
我什么都没有除了我们的
从里到外的微笑皮肤……
我的纸和笔……

但我是为此而生的：聆听：
"如果不是用在七弦琴上，亮度就不会持久。"

---

1 据《圣经》记载，先知约拿被抛在海中，上帝安排了一条大
鱼吞没他，他在鱼腹中三天三夜，最后被鱼安全吐在旱地上。

VIII 真正生命的摇篮

(*The Cradle of the Real Life*，2000)

笔

沙石路，一只绿亮的两英寸蜥蜴
一点光在路面上

笔自己写作
薄雾自己吹散

在睡眠中我饮取的葫芦
也从我这里喝

——谁在教一个懵懂无知的我？
这支笔它的思想

躺在书桌的思想上
一把投在弦上的琴弓

不移动
握住

简·肯庸的挽歌（2）

简显得巨大
携带着死亡，唐
悲伤而善良——简
尽管她就要死了
充满了思想

我们谈论着桌子
这小小的核桃木桌子
如何像是
艾米莉·狄金森的
但是唐说不
狄金森的桌子
由铁制成。不
简说
由血肉。

黑 狼

窒息于这个国家
一只羊在我自己的窗帘上
狼的窗帘！

没有人见过我独自看到的黑狼
疾步走下靠近我家的小路
——黑色的心！不要经过我们的房子

当我正好发现你时不要迷路
就在生命不再
惧怕之时。就在那时 ——

（我不需要恨他们。你不能击打一根棍子。
但是没有人能看到他们曾像什么。

看到的也并非全部
"在青山上的羊
跪下并进食"）——

母亲的骨头

他拖着他母亲的骨头
走上石头台阶，
在一袋割来的草里。
但是你无法生长 ——
割来的草。

他们领着我

他们把我领向一个

"可爱的护士"

"以备 B[1] 需要她"

她是我是

含糖的东西

融化

和消失

我要一个梦

关于我的婚姻：

"墨水。"墨水。墨水。

我的沾满墨水的手

他的油彩弄污的手

消失　　那里

无物加入

---

1 "B"暗指诗人的第二任丈夫、爱尔兰画家巴里，见《夜湖》
一诗注。

你的嘴"为我出现"

你的嘴"为我出现"
—张佛嘴
广告牌大小

我想：当然，
你的嘴巴，
你在跟我说话。

然后你的蓝色手指，
当然，是你的手指
你用手指描画

你用手指描画出我……

然后是为我出现的火焰：
每只手和嘴巴的透明度。

母马和新生马驹

当你死的时候

那里有一大捆干草

堆高空间

同时

用我的舌头

我从你那里抽出

黑色稻草

同时

用你的舌头

你从我这里抽出黑色稻草。

真 相

分享面包

就是分享生命

但是真实 ——

你应该在夜里上床

去聆听

它撞击

在童年的时钟上

在你的怀抱里：这

冰冷的房子

倾覆的船

墙壁

浸湿的帆布……

十月的预感

十月的预感

看着我的朋友离去
我抬起头，转开

如果她不得不离去
让我不见她

我的离去的母亲
留下我的门一道光的
裂缝　抑郁世界的裂缝

十一月

十一月
离开爱尔兰

斯莱戈湾和两座山
女山和男山
走下台阶
进入地面

——我不得不离去
我不得不回看。

拉布拉多犬

穿过火车铁轨的隔离篱笆
篱笆上的洞
套住了一条狗
我经过那里
我放下他
他很重　我无法抱起他

他的脚套在了与轨道
链接的陷阱中　一个陷阱
是的　但是那只狗
不会咬开他的脚
他只是对自己咆哮　他不让
我靠近。
　　　　　　　我离开了他。

1945

太平洋的一年

眼看着他的飞行员们

都未能回到舰上 [1]

——他们才 19 岁，20 岁，

他们叫他"老爸"……

我们活着

为他回来的一天。

他回来的那天

他像阿喀琉斯一样愤怒 [2]

日子　年　一年又一年

1　诗人的父亲曾作为航空母舰的联络官于 1941—1944 年间参
与太平洋战争对日作战。

2　据诗人回忆，父亲带着战争创伤回到家里时，他们都很害怕。
"阿喀琉斯的愤怒"见《荷马史诗·伊利亚特》：在特洛伊战争中，
阿喀琉斯因为一个女俘与希腊联军统帅阿伽门农起了纷争，愤而
退出战场。他的退出导致希腊联军连连失败，其好友帕特洛克罗
斯穿上他的盔甲冲上战场，挽救了希腊军队，但被特洛伊统帅赫
克托尔杀死。阿喀琉斯再次愤怒，重返战场报仇，最终杀死了赫
克托尔。

我们飞去

一个从桥上跳下　一个进入了一本书
一个作为纸片
装进了瓶子

我们从没有回来。

——哦，我死去的父亲
——啊，珍妮，你还在词语中……[1]

1　诗的最后一句为诗人在对自己说话，"珍妮"（Jeanie）为诗人
名字"吉恩"（Jean）的昵称。

离 去

暗黑的线
在你眼球的
深褐色周围

——我一次只能看一只眼睛
像一匹马：
白圈环绕着眼瞳：

可怕。
我在野地里盘腿坐了八年

等待着你。
我想要那样。

赶火车

赶火车
一个更老的女人在我的背上
另一个可怜的老女人
也需要这样帮助
但我也帮不了她
火车已经启动了
司机
是一个年轻女子　　她
难以调解地望出窗外
并继续驾驶
　　　　　　　我知道她
我知道那个可怜的老女人
仍旧回到站台的另一头
从我背上滑下来的女人　也知道
月亮脸的男孩在铁轨旁边观察

威尔士诗人

威尔士诗人

这样说他的"离开了世界"的

母亲

在上个星期：

"她从未死过

不过是进进出出。"

他给我看一只美丽的印度鸟

红色，身上带着黄斑点：

幸福。美丽。艺术。

——那只鸟似乎喜欢你呢。

——是的，那只鸟知道

时间已不多了。

母亲现在有了一个金色的身体。

收音机：诗歌朗诵，NPR[1]

我在收音机里听到你的声音

死了三十年

穿过厨房得以

挨近你

呼吸和呼吸

两匹马

但是并不是你回来了

是我曾经的生命

是我液化了：

我想成为你。

数进某种事物。成为

另一个

预备的石头

——祈祷的破布缠在铁丝网上，树枝上……

1　NPR，美国全国公共广播电台（National Public Radio）的缩写。

塔 顶

没有音乐
没有记忆
不是你所有的艺术
不是不是
你的铁皮故事
可以把你折叠入银河系

自己保存
自己丢失

你的铁的词语
英雄与合唱

到此为止。

给一个死于三十岁的女人（2）

在记忆中
你
穿过了那道
门穿过了那道
门穿过了那道
门

寒冷
黑暗

然后就是
天空更亮的光
越过水面

这个世界明亮了
如你的词语
敞开他们的第三
黑暗之星

爱的盲目搅动

我擦拭我的双手我的脸颊
在乳房上涂油
我冲洗我的生殖器，我的脚
树叶和树皮

移开你的嘴
为使我的嘴变红
而你一直
一直在我里面
涌流
不被舍弃……

小小的地图

白色松树

鹿越来越近

蚂蚁
在我的碗里
——她去哪里了
当我把她抹出来之后？

蜡烛
要去哪里？

我们互相摩擦
两个动物灵魂
没有山洞
意象
或是
词

饮 者

你　不喘气地
喝着　喝着

造出一扇门
从你的生命中

拱着头穿过
烟囱　身体的洞

越出房子　皮肤和
骨头　越出

沉默
——爱

不会把你带出　死亡
不会

虚无也一样
不会把你带出

离开你

离开你，
一个人，我可以来

——一片树叶闪烁
在河水的浅色皮肤上

一起
我们是两块石头，像一块石头一样滚动

滚落到河床里　两个
浅黑色石头

我们一直在这里
我们曾是一块石头

——另一东西拥有我们
在它的嘴里

孩 子

你在一个盲目的
沙漠里　孩子

你的"太多"写在
摩西五经里

孩子　它是写在
一个坑里

用黑火写在
白火上

鹿星
黑星

第三颗星
谁看到了？

胚 胎

还是美人鱼
在她里面
只有一半的
词语聚集

她的头还在漂游
倾听　倾听
　　　　走向真正的生命

妇女监狱

监狱中的妇女
梳着时装模特的发型
为自己美容。
这里很冷
一条锁扣和谎言的监狱项链

政府的这套身体工具
牙齿挖出　坟墓

玛格丽特，1985

在教堂后面
装扮得像个挎包女士，玛格丽特
身着深色破旧衣服
带着她的老女人气味
额头上有裂开的红色伤口
伤口里有蛆虫……

从 3 层楼走上 112 层
她可能在那里待了 85 年
铁门对着猫屎猫食
人屎人食
敞开着
鬼魂尘土鬼魂玛格丽特

紧紧抓住它们
抓到她的铁床上
并清空我们
每个分离的幻想，
在她的额头上
是蛆虫的矿灯……

他对我说，在爱尔兰

他对我说，在爱尔兰
你陷入了你的命运。
他说
教学和朗诵
日日夜夜
才让他远离空虚。我说，
但是你总是写空虚。我说，

所有这些女人，
你的母亲，
两个妻子，一个情人，
都死得很惨，
你得活着去写它
你的世界历史。
或是视而不见。

但是我想要那些女人活着
愤怒　克制
他们烧掉的诗
在她们烟囱般的喉咙里
这册无言的

世界历史

比你们的白银或黄金艺术更多。

上帝说了什么

在她死后
她的儿子烧毁了她的画：
焚化炉燃烧着："她不要任何人
看到这些东西。"然后杀死他自己。

不要害怕你的死亡，因为当它来临
我会吸气而你的灵魂会走向我
像一根针被吸向磁铁。

　　　　　　　马格德堡的圣梅希蒂尔德 [1]

2
　　　一些标志表明你感到一片叶子或植物的其他部
　　　分。一条线从标志的顶部引向植物。
　　　——缪尔森林米沃克小径上的布拉耶盲文标志

* * *

她写了一本书。丢给了我们。

1　马格德堡的圣梅希蒂尔德（St. Mechtilde of Magdeburg,
1207?—1282），13 世纪德国著名的三圣女之一。

她的丢失的书说：

"你搜索发现的词

会吞噬意义

吞噬你。"

　　　　　她的丢失的书说：

"我付出了，我也赚了：

但是我的钱用在那里不好。"

* * *

如果我的妈妈是一个

我的姐姐是一个

我的父亲

不是一个

我的哥哥不是一个

那我是什么？我跟随着

黑暗中的线。独自一人：

* * *

在期待的街道进入城镇之前

在坡道满足之前

谁的扶手很早就发芽了

像手臂一样在我之前成长起来？

——我只好停下，像一匹马。

* * *

坏事情正在发生。
没有人说什么。

一个接一个
他们起身并走开。

他们答应了什么也不知道。

世代相传，
从骨头到骨头。

诗 歌

你，诗歌

我盲目跟随的线

穿过浓密的绿到你的叶子

到你的茎梗

乳白色

无言的诗

世界的电流跟着你

这里没有语言

饮料割我的手腕
饮料喝下坏药
进入锁住的病房　喝下好药
不能感觉　不能
说话
或迈步

医生俯视着一口井

单身母亲，1966

没钱
——而幼鸟们的
张大的嘴巴
比他们自己还要大
——而上帝制造
词语
词语

流产的孩子

我想到：
你生活在某个地方
比我住的井下
还要深。
比我或他的任何东西都要深。

不，但是这用了我这么长时间
去看你。尘世的三十年。

去爱尔兰

在谷仓河畔
地主说，
"所有这些东西 ——
产羔的母羊 —— 老百姓 ——
都很好 —— 是的 —— 但他们不是上帝。"
他打量着我们
以白色的和英国的眼睛。

* * *

哦，是的他们是但是
在谷仓河畔
我们被关闭了七百年。
我的妈妈曾在里面，而她的母亲，她的，
我的曾祖母，死在黑屋子里，
而她的母亲，母亲的母亲，
关闭并开错了门。

家

我留下了我的衣服

和藏书

我的皮肤

一条蛇

——这个国家唯一的一条！

我们的标志

生命　两次

* * *

圣甲虫滚动一个粪球

穿过地面

圣甲虫象形文字：

进入存在：

圣甲虫和太阳一起滚动

穿过天空

大西洋

* * *

无人的一座房子

对我不再是房子了

或者我之于他们

家　不是词语而我

在嘴唇上知道它

它会到来　会融化

像冰在炉子上　而我喝下它。

* * *

你穿过你的自我

如同你穿过一条尘土路

黄昏的十字路口

穿过一片田野　异乡人

一片田野　和一片田野

太阳的脚步　挨着你走

越过一条线　太阳对你友好　太阳了你。

* * *

下面

水

抬头看着阳光运行的光斑

沿着水线的另一边

在白色松树下

星星独自移动
在天空线的另一边　无线

* * *

雪
缓缓落下
填补我们的足迹

写下一个字
改变它

夜晚
在窗户上
两棵桦树，吹在了一起。

* * *

雪落下
离开大西洋

向外朝着陌生

你
一块热炭上的呼吸

IX 新 诗

(New Poems，2004）[1]

---

1 "新诗"为诗集《真正生命的摇篮》之后的诗作，收录进诗选《山中之门》时，以"新诗"为辑名作为该诗选的第一辑。在中译版中，按诗人创作出版时间顺序，放在最后。

报 喜 [1]

我看见我的灵魂变成血肉绽出

亚麻籽油在纸上迸溅

倒灌　漫溢

没有人能抓住它　我打开的生命

没有人能容纳它　我的

骨盆消融而进入神圣

1　取自海伦·艾龙（Helene Aylon）的《破碎》（*Breakings*）。——
原注

在我们的童屋里

在我们的童屋里

我们的母亲给我们读：

英格兰：

        那里有一个

英国小男孩会爱我们

在一棵树底下：

        不会杀我们：

那是一个只像她的童年的

白色空间　像她的

父亲　她的悲伤

九 [1]

你的手按在我的膝盖上
我无法挪动
这热量感觉很好
我无法挪动

沉默的母亲下楼
去喝热威士忌

她总是去喝
热威士忌

下到那个角落： 传到
我这里：

而头发上的一切
重新生长。

1　原题如此（"Nine"），而非一首诗的第九节。

女 孩

半加仑牛奶泼在了地板上。
牛奶漫过地板，桌子，
椅子，书本，晚餐，窗户

——母亲和儿子开心了。
父亲去上班。
姐姐要嫁人。

这个女孩还在泼洒
牛奶屋的白色
不情愿地闪耀
从一种生命进入另一种。

母 亲

在你的白色衣裙
你的烟雾
你的不透明眼睛里
你的那一个名字
我用脚
写下

我不得不死
挣断绳索
挤出你的，我自己的

石头围篱，飞翔

十八岁

绿书包里装满诗篇
我斜靠着我的自行车
在世界的黑砖边缘

我是什么，迷路了
还是找到了？

我的灵魂站在
那里的角落里
观看

* * *

女孩和男孩
我们互相给了
我们想要的　乳房
腹部　　　　毛发
脚指甲　　　手指甲
毛发　　　　乳头
包皮　　　　包皮
心

* * *

我放弃了在夜书上
签到
时光的小记事本
签着我们的名字
灰色的十九世纪爱尔兰人
穿着我们的灰色硬挺衣服
在火车的引擎车上

"她唱"

救救人类的山羊!
她开始了
用爱书来射击

她选择关闭的心
这些她知道
不会杀她

救救她的记忆　她的骨头
她在房子下面挖
在家附近挖

这里，房子嘴巴上的 X
贝壳震惊的女人　所有她的骨头
山羊骨头

一根站起来的骨头

一根站起来的骨头

她为词语工作

逐词地

她登上恐惧之山直到

她得到她的名字：曾是

"她唱。"

山楂树知更鸟用荆棘缝补

和玛丽一起谈论 1972 年：
像针一样
穿过我 25 年的变老的
乳房我更瘦弱的岁月肋骨：1972 年

一种孩童的生命
从我的孩子们中远离：

"但是你不可能与众不同
以你那种方式"

但是我本来会有所不同

乘帆船出去

和看守一起乘帆船出去
他说如此这般重达 95 磅。现在
说来和他睡觉
因为他很友善
当她在监狱里

她醒来
被催了眠

一只奇妙的船

她醒来
与无家可归的人们一起
溜达在船板上
没有便宜的红色缆绳

我走向你

我走向你

主啊，因为

这个世界他妈的

默不吭声

不，不是世界，不是沉默，哦

    来吧，主

    主，来吧

我们在地上很伤心

    来吧，主

我们在地上很伤心。

表 哥

桌子上棕色的色情软呢帽：
你父亲时代的色情银灰手表
在铰链薄银盖上保持平衡
在老师的桌子上：

一次或两次，有人前来
而你在空气中站起
空气从空气中升起：

一片叶子
然后是枝丫
挺立在充沛的阳光下
——表哥，那即是地球上的幸福。

驽 马

> 这匹驽马不会挪动，直到疼痛刺入骨缝中。
>
> ——佛陀

我的第一个自己的家
我的绿色的大"床"
在伦敦，1956 年
双人床　绿色铺展
六便士投币煤气炉
伦敦雾　巨大的细小脚步声
扑嗒　扑嗒　扑嗒

我认识三个人
还有三个在工作
我知道你

我在密集的黑暗中感到生命
和你　我揪着自己的头发升起
四个故事抓起并滴下我

——我依然不会挪动。

曾 经

曾经有一个伐木工，

当他要我嫁给他时

杂货店里的那个女人说

你看上去像是失去了最后的朋友。

初恋！

当我们分手时

好像家里的最后一个鸡蛋

摔落在破裂的地板上。

    这世界到处都这样！那个女人说，

    你不会是个好例外！

如此多秘密

如此多秘密
把你盛在它们的杯子里

恐惧
像一个发绿的杯子
立在架子上

像玻璃一样受伤
像自身一样疼

一次在夜里

一次在夜里
我快步穿过急雪
为了饮下生命
从一只鞋子中

我所思虑的
我的错，你的错
都不是什么错
　　　　现在
门在黑暗中与你的名字铰合。

窗 户

葬礼之梦
"我们会把他们都埋在伟大的睡眠之书中。"

"你也许已死了，但
不要停止爱我。"

在记忆中
"不要吝啬自己。"

所有的窗户都流泪来到他的面前。

北方河边的栗树。它的眼泪。

梦见　一个瓦工。　你的父亲。

梦见　"如果你射杀某人
我将走出在海面上
把枪扔掉。"

梦见　"当我疑惑时……"
梦见　"清除。"

硬 币

在你还活着
并老是想着我的时候
有一枚总是衔在我鱼嘴里的硬币
在夜里吐出
或在白天的湖里。现在
这小小的硬币已不需要它自己……

十月的早上

十月的早上——
海狮吠叫在
离岸的岩石上

秋日的傍晚——
海豹的头部朝下拱向
粉红的太平洋

我收拾我自己
在白昼的木筏上，你的声音
在我下面丢失：那最初的
另一种语言

我听见我的左手

我听见我的左手爱我的右手
白色透过纱门

就像越过夏天的榆树　你
两年前　在转世中

搬进了我们曾经感觉到的房间。

在傍晚

在傍晚
我看到他们

他们小小的
敞开的船

载着我们
穿过血水

他们看不见的陪伴
他们看不见的陪伴

* * *

你美丽　我从不
知晓

没有时间
没有空间

你美丽
小小的摆渡人

白色的发生

先是繁茂，然后败于繁茂：[1]

不，从来没有繁茂，

从一开始，

幽灵货轮驶出福尔里弗，

幽灵火车驶出芝加哥，

擦过我的和你的皮肤在白色沉默里。

1　第一行与简·肯庸的《事物》（"Things"）相呼应。——原注

我怎么就伤到你？

我怎么就伤到你？
　　你看见我。

我梦见我是你
充满恐惧和害怕
和我一起在你的怀里
：我的衣服的爱
握着你的呼吸

我怎么就伤到你？
　　你看见我。

我没有看到你

苍蝇记得我们吗

苍蝇记得我们吗
我们不记得他们
我们说"苍蝇"

说
"女人"
"男人"

你　消失了
经过我的双手
我经过你的

我们的脚印感到
越过我们的
饥渴

小小的，淡蓝色黏土鸟蛋

小小的，淡蓝色黏土鸟蛋
你在真正的草窝里造出，并用手
递给了我：

　　　　它贯穿了我的大腿，甚至现在，
你都料想到了！
有一会儿，我们别的什么也不想。
戴着帽子的冰冻小夫妻，
冰冻的双喙——

幸福（3）

你从 W. 第四街转向我的那一刻
所显示的无比温柔

这里坚硬的冬草在我鞋底下
还带着霜

我在霜寒里向你的父母跪下

               温暖的光

照在你脸的右手边
佛陀眼睑上的光

我跪向我的父母
他们的苦难　有多少

沉睡在睡眠里　又如何
都在那里消失了

信 件

大黄蜂持守在窗帘上，冬天
睡眠。揉搓着她的腿。爬上窗帘。
在她的后面雪松微微入睡，

像是访客。但是我就是客人。
幽灵车爬上幽灵高速路。即使我的手
越过页面添加上"室内音"：这小小的

持续的风。这去成为的努力。这些字词
是我的生命。这种去爱
和未成为的努力，使痛苦

历历在目。这种未成为的爱：我们
失去的，叶子，为我们所珍惜的叶子。
一片草叶。我送给你这个种子荚，

这个深红小袋，我的舌头，
这两个深红小袋，我的嘴，我的另一张嘴，

但是另一个世界——我盲目地狂饮
它的种子花圃上的游动牛奶——

我永不松手

我的丈夫
我的伤口
我的睡眠

但是他们从我这里投降了

我的书　它们
取悦于你 /
让你失望

对男人的渴望
凝视
喂食

草书的性格
我　我的
你

用粉笔划过
白线痕的黑板

从我这里投降

当我无法如此呼吸时。

篮子屋

篮子屋：
庇护我
在夜的洞穴内
空虚
让另一个人拥有了我

护理我
在空虚中，
拥有我就像
一棵产纸的树
拥有一只鹿。

而他把我拥得更近：
他从我里面
拉出线来，到他里面，
长度愈来愈长。

房屋与世界

所有这些愤怒
心脏跳动

除非我进去
你的盲窗
像你一样停在那里

但是之后
另一个世界
将会被给予：

大提琴部分
一直携带着我们

像是大地　瘢痕累累的臀部

翻出的腹股沟

飞翔的白刺树篱

杯子

在你的眼里

在你的眼里
有一个小学童

一个女人
转向
一口神圣的井

便条和快照别在她的衣裙上
在她的脚下
腋杖　眼镜

女人，离开

你曾经等了四次

　　不要在这里听什么
没有什么比荒草或河的嘴巴
能说出更多

　　然后来了
一束未消散的光的缝补
你撕开它
打开并飞去

修理我的马蹄

修理我的马蹄！
我需要经验。

玻璃人
在玻璃河上说
如果只有我能独自
把它取下来——但是
你一个人把它取下来……

饥渴！我喝
从我自己的井
红色和蓝色的火
环绕在我头上
这一瞬
消失我
和它成为朋友

给马修·谢泼德的两首诗

但是那蓝海鲂呢——灵魂

——盗贼太阳　盗贼雨

进入爱
一银币大小
（灵魂）消失了
然后到铅笔尖
什么也没有。
　　　　　　剩下
他的指甲
和他的头发。

蓝海鲂，灵魂

——我离开了蓝海鲂
有那么多消息
那么多闪光的灯泡　打破了
海鲂

那么多人
跟随他们的名字
吃他们的第三辆重型车
吃他们的第三本书

我离开了蓝海鲂
在它的尾部　在篱笆上
离开我的灵魂　不是"属于我的"
"我的"衣服　脱掉
我离开了"我的"脸的边缘
"我的"双手

津津赞城[1] 成长中的基督

进来吧

从这道窄门，然后

回去，但是

        还没有——

躺下，

头挨着我包扎的头，脚

挨着成长的脚，

我也很累了，

在我的玻璃盒子里。

---

1 津津赞城（Tzintzuntzan），墨西哥著名古城。

羊

随着冬天，泥巴和粪便系扎进你的羊毛里，
你的黑色瘦腿，空白眼睛——
农夫脚步重重地回家为他的晚餐
而你超脱了自己的铃声
我的朋友很痛苦，但我无能为力，
痛苦的意图到处都是，如果
我们自己制造自己的痛苦，谁能帮助？寒冷自身
寒冷的你，难以忍受的扰攘和蚀锈——

给转世者

我梦到我终于接通了 C 的电话
他在低语
而我说不出话来

他住过医院
然后在家里
M 也病了

你知道在梦中你如何是每一个人：
醒来你也是每一个：
我在倾听呼吸你的灰烬呼吸

中国古诗人：
火把：
认路

罗德尼快死了（4）

一个女人在捡拾塑料垃圾

刀叉和餐巾纸放在一个塑料盒里

我坐在草地上，斜倚着

你的膝盖：在地底下

我也将坐在地上，抱着你的膝盖。

山中之门

从未如此艰难地跑过山谷
从未吞咽过如此多的星辰

我扛着一只死鹿
绑在我的脖子和肩膀上

鹿腿悬在我的面前
沉甸甸地，晃动于我的胸乳

人们不想
让我进入

山中之门
请让我进入

我的老身体 [1]

我的老身体：
阳光的阶梯
水银浮尘飘浮而过——

我的原谅，你如何学的
在我的睡梦中爱我。

---

1 "我的老身体 / 一滴露水 / 重重悬于叶尖。"取自基巴（"My old body / a drop of dew / heavy at the leaf tip."—Kiba）。——原注

墨井　破晓

墨井　　破晓
楼梯
　　　楼梯

亲爱的女孩和男孩们，
你们愿意和我同行并告诉我
怎样回到开始吗
——所以我们可以理解！
我们生活的旅程
处处遇到残酷，
但是，也有友善，
从冰冷的暗水中
抬起鼻子来，
以我们的鳍继续划行……

中间过道

过道在两排十二步树篱之间
在火焰和窗户之间
热在左边　尖锐在右侧
有些东西错了　生来就错了
劈开它自己　偏斜向你
仍然，有人在这里的污物中写作
而我捱着词语——

夜 海

渴望触及的

主要是他们赖以生存的东西

而非他们的身体

为了那个朋友

我们行走　在夜海里面

蜕下我们的皮——

衬 衫[1]

衬衫将会成为血红色：
他不得不穿上这件——没有别的——
为了活着，在牢狱里。
我们着手剪裁，并缝制。

但是这棉布，他们说，是神圣的
——我们只好叠起来并把它还给他们。
那么，尽管你的如此轻飘，并且是白色的，
送给他你的这件……

1　该诗可能是从曼德尔施塔姆或其他想象中的囚徒那里得到的某种感觉。曼德尔施塔姆在流放中转营中曾写信给亲人索寄衣物。

一只脚在黑暗里

人们忘了
别忘了我
　　　　你
唯一的白头
在年轻的人群中
活着的橡树
等待被让出参观区。

恐惧：夜间客舱

蛇壁虱

黑寡妇

褐色隐居人

——昨晚 79 大道上的卡车

拖着一条铰链

——一朵云

慢慢变圆

在窗户上

——灯芯　未点燃

因寒冷蜷曲在煤油灯里。

如此狂野

　　　　　　　如此狂野
我好久没有注意到了
在你的十层皮下
你的头骨

——当生命
第四次触到我的眼睛
用泥巴和唾沫
和呻吟

　　　　　　——然后我看到
你的和我的手指骨伸展在
稀薄的蓝色星球的水中。

木 纹

木纹

海滩上的潮汐标记

银河系

指纹

我胸腔内的火花

在你的声音上跳动

在我的皮肤下　沾满指关节粉末离去……

推进或飞旋

雪的推进或飞旋

在这里自由的树林里

你昨晚的信

——丢失了八周，在监狱炭疽规则里

谁知道是什么在推 / 飞

在阿维纳尔[1]

"……大都是寒气逼人的天气

而且不给你任何温暖的穿着……"

在阿维纳尔，

　　　　如果我能，

我会护理你……尽我所有，

就像你拥有我一样，春天的天气。

1　阿维纳尔（Avenal），加利福尼亚州的一座城市。

阿瓦隆 [1]

阿瓦隆

死者之岛，在西部，英雄们死后

前往的地方——

         阿维纳尔

你的年轻人会去哪儿？

热煤在无人之嘴里，垂死的日子一天天

去阿维纳尔——

---

1 阿瓦隆（Avalon），亚瑟王传说中的岛屿，凯尔特神话中的圣地。另外，阿瓦隆是威尔士神话中极乐世界的别称，被称为"天佑之岛"（Isle of the Blessed）。

你是否记得?

你是否记得? 我的嘴又黑又蓝

从你饥饿的嘴里——

我什么都不知道。我不知道我来自

怎样的前生……你的火焰皮肤

柔软如马的黑色口鼻,

柔软,柔软的爱的黑发,

而现在你满头的白发

　　　　已完全制服了你。

那样的生命,我们无法停止,太阳落下,

春天的雪来了来了

基督降临节日历

迎接 12 月 21 日的小窗口，

最短的一天，

一个小士兵，棍子上挂着木偶，

这棍子就是他的剑？他看上去很同性恋。

在我的窗外，树林：玻璃花园：

我昨天把面包放在雪地上，

但没什么来吃，它已经冻硬了。

（他们容易遵循的是孩子的方式。）

爱他们永远不会把你放在棍子上。

他们可能会在他们的监狱里杀死你

但是他们永远不会拥有你。

他们可以做任何事情。

在外面排队的正午

佩有囚犯编号 CDCP***** 的漂亮女人，用圆珠笔在

她的手心里写着。"你必须给他们号码。""你不能带

任何东西进去。""我会占着你排队中的

位置在你走回到车上时。"她的透明塑料钱包里

装满了用于里面自动售货机的 25 美分硬币零钱。

"它必须是透明的塑料。""你允许支付 30 元。用零钱。"

我找到了他的号码，用监狱笔把它写在我的手心里。

内 里

你的红眼睛
肥皂水，你说
——受伤？
而黑暗
围绕着你的眼睛
遍及你的脸颊
——胎记？伤痕？
靠近再靠近你把我吸引进去，
受伤——

指北针

我有一条船
丢了食物
和鞋子

空洞的手腕
用食物装满
用鞋子装满

有人说我们像小圆点一样升空
漫步穿过雪
世界开始旋转

从这个不朽的一圈
到那个不朽的一圈

我们现在旋转到死木中
但是里面有火
　　　　　　死木有火

在燃烧的空气中

在燃烧的空气中
什么也没有。

但是在地面上，在边缘，
一个女人和她的汤勺，
一只木头汤勺，
而她的胸部，破碎的
碗。

* * *

她会渴望
把自己掘进地面，她唯一的
女儿的骨灰
在她的鼻子里　嘴里　她唯一女儿的
灰烬替代品
虚无
躺进
她胸部的洞里

但是她的眼睛仍会看

向上 进入 她上方的地面，仍会看到
高处的空气

——让她现在躺下，蛇在她的洞里，房子
蛇在她的手中。

小小的房子

小小的房子
黏土房子

千百种丧葬气味
地面膨胀

我们知道
船在正确行驶

但是那条路被抹掉
——水不见了!

——死去的女孩走了!
(她怀孕了吗?)

菜盘子吹飞了
我搜寻我的空洞碎石

燃烧的草　教教我
在我忘记你之前

进入这一刻

当我坐下并咆哮

越过花朵

不认识他们

图书在版编目（CIP）数据

山中之门：吉恩·瓦伦汀诗选 / （美）吉恩·瓦伦
汀著；王家新译 . – 北京：北京联合出版公司，
2023.10
　ISBN 978-7-5596-7098-4

　Ⅰ . ①山… Ⅱ . ①吉… ②王… Ⅲ . ①诗集—美国—
现代 Ⅳ . ① I712.25

　中国国家版本馆 CIP 数据核字 (2023) 第 117811 号

山中之门：吉恩·瓦伦汀诗选

作　　者：[美] 吉恩·瓦伦汀
译　　者：王家新
出 品 人：赵红仕
策划机构：雅众文化
策 划 人：方雨辰
特约编辑：陈雅君
责任编辑：龚　将
装帧设计：山川制本 workshop

北京联合出版公司出版
（北京市西城区德外大街83号楼9层　　100088）
北京联合天畅文化传播公司发行
山东临沂新华印刷物流集团有限责任公司印刷　　新华书店经销
字数133千字　　1092毫米 × 860毫米　　1/32　　12.25印张
2023年10月第1版　　2023年10月第1次印刷
ISBN 978-7-5596-7098-4
定价：69.00元